쓰러질 때마다
일어서면 그만,

쓰러질 때마다 일어서면 그만,

이외수 지음
정태련 그림

해냄

없어도
내 눈에는 보이는 것들이 있고
있어도
내 눈에는 안 보이는 것들이 있다.

| 차례 |

1장

누구나 자신도 모르는 사이 골병이 든다

외로울 때마다 우리는 고립된 섬이 된다 15 | 때가 되면 18 | 이 동방예의지국은 왜 할아범의 날 따위를 안 만드는 것일까 19 | 세상은 어둡지만 22 | 누구나 표명할 수 있다 23 | 지구가 많이 힘들어졌다 24 | 척박한 세상, 끔찍한 궁핍은 부모님 시대가 더 하면 더 했지 덜 하지는 않았다 25 | 자기만을 위한 공부는 28 | 생각도 깊어야 한다 32 | 상식도 안 통하는데 33 | 반짝거린다고 모두가 보석은 아니다 34 | 나만 옳다며 다양성? 38 | 큰 사람 밑에서 덕 보는 사람은 많다 39 | 작은 곤경에도 변절 42 | 짐승이 된다 44 | 어쩌실 건가요 45 | 정치가에게 두 번 속았다면 48 | 언젠가는 49 | 까짓 거, 인생이 별건가 52 | 뭐 켕기는 거 있으신지 54 | 해마다 봄은 또 온다 55 | 다 차린 밥상에 숟가락만 올려놓으시겠는가 58 | 그대를 큰 그릇으로 쓰기 위해 59 | 내 안에 나의 적이 있다 62 | 길은 언제나 새롭다 63 | 그대가 생각하기에는 너무 느리게 흘러갈 뿐 64 | 오직 최선을 다하면 그뿐 68 | 자신을 이기는 연습 69

2장

욕심을 줄이는 수행이 근심을 줄이는 수행

성공의 시기는 그대가 결정하는 것이 아니다 73 | 다시 태어나는 일이 중요하다 76 | 내면의 에너지가 외형의 에너지를 지배한다 77 | 미래의 당신 모습 80 | 험담꾼에게 81 | 헌 사랑이 가면 반드시 새 사랑이 온다 82 | 제 살을 녹여 어둠을 물리쳐주는 촛불이 좋다 86 | 진정한 성공 87 | 누가 진실로 그를 사랑할 수 있겠는가 90 | 진정한 부자 92 | 골목길 가로등이 아무리 밝아도 보름달은 절대로 시기하지 않는다 93 | 따질 필요가 있을까 96 | 우리는 속았는지도 모른다 97 | 진저리 궁상 3종 세트 100 | 당신의 인생이 달라지는 것 101 | 행복을 느끼는 것은 머리가 아니라 가슴이다 104 | 하찮아 보이는 벌레라도 106 | 오직 인간이 문제일 뿐 107 | 마음속에 있는 도둑 잡기 110 | 허세가 무지와 결합하면 111 | 아쉬움을 남기는 손님 114 | 무지도 일종의 죄악이다 115 | 사람의 마음 또한 그렇다 116 | 이별 속에는 언제나 적당한 슬픔 120 | 말년에 우리는 인간으로 진화할지도 모른다 122 | 생명수를 암 덩어리로 보기도 하지 123 | 맛없는 개살구가 맛있는 참살구보다 먼저 익는다 126 | 인생 공부와 계단 오르기 127 | 희망은 자신이 만들어 가지는 것 128 | 그대의 잠재력을 가늠할 수 있겠는가 129

3장

당신이 멈추면 시간도 멈춘다

잠재된 재능과 집념과 사랑이 있으신가 133 | 박수쳐야 하나 136 | 마음 추스르기 137 | 푸헐 140 | 상식이는 도대체 어디 갔을까 142 | 미꾸라지국 먹고 용트림한다 143 | 기분 안 좋을 때 마시는 술 146 | 정상이 천대를 받는 세상 147 | 적어도 오늘날의 한국에서는 148 | 기지개 한번 늘어지게 쭉! 152 | 당신이 멈추면 시간도 멈춘다 153 | 초심은 천진이요 동심이다 154 | 당신이 강력하게 부정한다 하더라도 158 | 남에게 덕을 베풀며 사는 것 159 | 대한민국의 교육은 162 | 도대체 진짜 인생은 언제 살 작정인가 164 | 자신의 발등을 찍겠는가 165 | 상식과 예의 속에는 타인에 대한 배려가 내포되어 있다 168 | 슬픔이 많은 동토에 언제쯤 봄이 올까 169 | 반성하지 않으면 개선되지 않고 개선되지 않으면 결국 재앙은 반복된다 172 | 시간을 의식하지 않으면 173 | 시도 때도 없이 174 | 부패와 발효 175 | 어떤 일을 도모할 때는 178 | 나한테 볼일 있냐 179 | 라면 한 그릇 정도의 감동 180 | 도대체 무슨 재미로 181 | 굳이 경쟁할 이유가 없지 않을까 184 | 진리는 아름답고 아름다움은 사랑을 생성한다 185 | 나름대로의 인생과 나름대로의 꿈 186 | 인생에 돋아난 여드름 187

4장

거저먹을 생각만 안 하면 된다

헤픈 사랑은 가치 있는 사랑이 아니다 191 | 자기 처지부터 살펴보는 것이 순서다 194 | 달빛으로 삼겹살을? 195 | 자연과 한 몸이 되었다는 뜻일까 196 | 마음이 있는 자리에 본성이 있다 200 | 가슴을 적시는 일에 게으르지 말자 201 | 서로 사랑만 하면서 살 수 있을까 204 | 도 따위 닦아서 무엇에 쓰겠는가 205 | 물은 물대로 산은 산대로 206 | 쓰러질 때마다 일어서면 그만이지 207 | 써도 삼켜야 할 때가 있다 210 | 진흙 한 덩어리도 예술 작품이 된다 212 | 고향을 묻지마시라 213 | 비굴과 조화 216 | 사자 코스프레에 대응하는 법 218 | 인생길에는 내리막도 있는 법 219 | 곧 찬란한 아침이 오리라 222 | 하루를 살더라도 223 | 이글을 읽고, 뜨끔 하는 인간은, 있어도 괜찮은 인간일 가능성이 높다 226 | 내 공부가 아직 멀었다 227 | 깨닫기 전에 굶어죽을지도 228 | 심히 부끄럽고 안타깝다 232 | 배가 고프면 작품도 덩달아 궁색해진다 233 | 푸르른 잣나무 숲을 보게되는 그날까지 234 | 나약해지지 않도록 마음을 다잡겠다 238 | 당신의 가슴에 상식의 씨를 239 | 작은 것에 집착하다 보면 큰 것을 잃어버리기 십상이다 242 | 감성과 지혜가 숙성되는 경험 243 | 누구나 절로 시흥에 취하는 것을 246 | 초청장을 만드는 사람은 바로 당신 247

5장

남까지 행복해질 수 있어야만 완전한 성공이다

현자는 불편한 길을 선택해서 편안한 노년에 이른다 251 | 다빈치의 그림에 스며 있는 영혼의 무게 254 | 초심이라는 낱말이 저렴해지는 느낌 255 | 노력에 의한 한 방이기를 258 | 오늘의 소망 259 | 얼마나 가련한 인생인가 260 | 이 정도는 상식이지 264 | 기회의 징검다리 265 | 아무리 꽃이 이쁘기로소니 내 마누라만 하리 268 | 별꼴이 반쪽일세 269 | 억울한가요? 270 | 도대체 인간은 얼마나 한심한 존재인가 274 | 행운퇴치 종결자 275 | 그리움과 배고픔은 어떤 관계가 있을까 278 | 그대는 어느 쪽이신가 280 | 그대가 중요한 존재라는 증거 281 | 어둠의 깊이와 고독의 깊이가 동일해지는 시각 284 | 월요일이 슬금슬금 다가오고 있다 285 | 모든 존재가 그대들의 희망이며 모든 경험이 그대들의 희망이다 288 | 그대, 언젠가는 비상할 것이다 289 | 실패보다 더 나쁜 것 292 | 우리 모두가 산타인 세상 294 | 오래도록 흐린 그대 일기장, 아름다울수록 깊은 상처로 도지는 꽃나무 295 | 오직 순리대로 298 | 봄이 오는 그날까지 그대여, 안녕 299

• 감성마을에서 시리우스로 보내는 우화(寓話) ― 이외수 303
• 나의 산책(promenade) ― 정태련 304

3.141592...

1장

누구나 자신도 모르는 사이 골병이 든다

외로울 때마다 우리는 고립된 섬이 된다

핸폰 벨소리 듣고 핸폰 꺼내들었는데 알고 보니 TV에서 울렸던 벨소리. 핸폰 소유한 사람들은 이런 경험 반드시 있다에 내가 쥐뿔 열 가마니 걸겠다.

누군가에게 '잊어버린' 사람이 되는 것보다 누군가에게 '잃어버린' 사람이 되는 편이 낫다. 잊어버린 사람은 이름도 모습도 기억되지 않을 정도로 무가치한 존재지만 잃어버린 사람은 최소한 아쉬움이라도 불러일으켜서 찾고 싶은 존재로 기억되기 때문이다.

사랑에는, 물음표가 있어도 괜찮다. 느낌표가 있어도 괜찮다. 쉼표가 있어도 괜찮다. 줄임표가 있어도 괜찮다. 가끔 퍼센트, 골뱅이, 샵, 별표가 있어도 괜찮다. 다만 마침표만 없었으면 좋겠다. 언제나 현재진행형이었으면 좋겠다.

2010 EARL

그대가 등 뒤에서 꽃으로 피어 흔들려도 나는 안다.

때가 되면

골병. 겉으로는 잘 드러나지 않고 속으로 깊이 든 병을 말한다. 대한민국에서 20년 이상 서민으로 살면 누구나 자신도 모르는 사이 골병이 든다. 치료법으로 탄식, 한숨, 욕설 등이 있으나 극히 일시적인 효과가 있을 뿐, 원인치료가 불가능하다.

솔잎이 버썩거리면 가랑잎은 입을 다문다는 속담이 있다. 심각한 걱정거리를 안고 있을 때 별것도 아닌 근심을 가진 사람이 죽는시늉을 하면 할 말이 없다. 서민들은 태산 같은 근심을 안고 사는데 상류층이 솔잎 같은 근심으로 호들갑을 떨어댈 때 쓴다.

뻣뻣한 나무들은 더러 강풍에 뿌리가 뽑히기도 하지만 연약한 풀들은 강풍에도 뿌리가 뽑히는 법이 없다. 고위층들은 뻣뻣한 나무와 같고 서민들은 연약한 풀과 같다. 위기상황에서 나라를 구하는 것도 결국 풀처럼 연약한 성정을 가진 서민들이다.

만물이 모두 더딘 걸음을 보이고 있다. 하지만 때가 되면 필 꽃은 피고 질 꽃은 지겠지.

이 동방예의지국은
왜 할아범의 날 따위를 안 만드는 것일까

할아범의 날이 왜 없느냐고 탄식했더니 어버이의 날도 있고 노인의 날도 있다고 가르쳐주는 이들이 있다. 하지만 어버이의 날이나 노인의 날은 공휴일이 아니잖는가. 그리고 선물을 챙겨주거나 먹을 거 싸들고 나들이를 가주지도 않는다.

해마다 어린이날이 오면 내가 이제는 어린이가 아니라는 사실에 억울함을 금치 못하겠다. 내가 어린이였을 때는 가난에 찌들어 어린이날 따위가 있는 줄도 모르고 살았다. 이 동방예의지국은 왜 할아범의 날 따위를 안 만드는 것일까. 쩝.

할아버지가 손자들하고 놀아줄 때는 수염 정도 뽑힐 각오는 해야 한다. 하지만 개새끼 10새끼 소리를 들었으면 인간을 짐승으로 키운 죄를 통감해서 자결하거나 가출하는 것이 정상이다. 그런데 그때는 대한민국에 남아 있을 노인이 몇이나 될까.

19

뿌리가 쓰든 달든 꽃은 아름다운 법.
가시가 있든 말든 사랑도 아름다운 법.

세상은 어둡지만

쓰면 작가 안 쓰면 백수다. 문 안에 있을 때는 격리된 슬픔, 문 밖에 있을 때는 추방된 아픔. 그대가 없으면 어디를 가도 하늘 시린 망명지.

돌아보면, 작가라는 이름을 얻는 데 30년이 걸렸고, 지적 허영이라는 누더기를 벗어던지는 데 또한 30년이 걸렸다. 이제는 환갑이 지난 나이, 세상은 어둡지만 영혼은 가볍다.

언어도 음식처럼 맛과 영양가를 갖추어야 곱씹을 맛이 나는 법이다. 마치 낡아빠진 타이어 고무를 씹는 듯한 느낌을 가지게 만드는 언어가 있다. 애정과 영혼을 상실한 노인들의 잔소리. 나는 가급적이면 쿨럭, 예외라는 소리를 듣도록 노력하겠다.

'명예를 가볍게 여기라'고 책에 쓰는 사람도 자기 이름을 그 책에 명기한다고 M. T. 키케로가 말했다. 호랑이는 죽어서 가죽을 남기고 사람은 죽어서 이름을 남긴다는 말이 있기는 하지. 하지만 작가는 이름보다 작품이 더 오래 남기를 소망한다.

누구나 표명할 수 있다

비록 하루를 살다 가는 미물이지만, 자기 살겠다고 다른 생명체의 목숨을 빼앗아본 적이 없구나, 하루살이.

모기야. 시도 때도 없이 남의 피나 착취하면서 살다, 분노의 손바닥 밑에 납작하게 깔려 죽으면 행복하냐. 가을은 끝났다. 아무리 미물이라도 시절은 거역하지 말아야지. 떠날 때를 알고 떠나는 모기의 뒷모습이 얼마나 아름다운지, 니들도 알고는 살아야줘.

철학이 철학자의 전유물이 아니고 예술이 예술가의 전유물이 아니며 정치가 정치가의 전유물이 아니다. 그것들은 임자가 없다. 누구나 관심과 비평과 사랑을 표명할 수 있다. 그러나 무지를 바탕으로 남발하는 비난과 비방은 자제와 숙고가 필요하다.

남을 헐뜯는 재미로 살아가는 찌질이들은 대개 창의력까지도 바닥을 친다. 깡패가 개과천선해서 목사가 되어도 찌질이들에게는 한평생 깡패일 뿐, 지리멸렬한 조롱과 열폭을 멈추지 않는다. 왜 그럴까. 자기 모습을 안 보고 살기 때문이다.

지구가 많이 힘들어졌다

감성마을이 유원지나 관광지인 줄 알고 찾아오는 젊은이들이 있다. 때로는 무작정 들이쳐서, 밥을 달라, 술을 달라, 잠을 재워 달라고 떼를 쓰는 젊은이들도 있다. 심지어는 술주정을 불사하는 젊은이들도 있다. 지구가 많이 힘들어졌다는 생각을 한다.

젊은이여. 지금 공짜 술 마실 궁리나 하고 있을 때가 아니라네. 구름이 끼면 하늘이 흐리고 바람이 불면 물결이 치는 법이지. 대학까지 나와서 일반상식조차 모르고 살아간다면 부모님 굽은 어깨가 너무 억울하지 않겠는가.

오늘날 대부분의 젊은이들은 반성하라고 충언해 주면 반성 대신 반발을 해버리는 특성을 가지고 있다. 허걱이다.

마당에서 산삼 캘 궁리나 하면서 온종일 빈둥거리고 있는 젊은이가 있다. 부모님 심정은 어떠실까. 젊으니까, 큰소리를 뻥뻥 치는 거 이해한다. 젊으니까, 주경야독 대신 주경야동 하는 거 이해한다. 하지만 악플만은 정말 역겹다. 픽!

척박한 세상, 끔찍한 궁핍은 부모님 시대가 더 하면 더 했지 덜 하지는 않았다

요즘 젊은 부부들 중에는 아이를 갖지 않겠다고 결심한 부부들이 적지 않은 것 같다. 부모들 입장에서는 불효막심한 쉐키들이다. 결국 짐작으로만 부모의 고충을 이해하고 체험으로는 부모의 고충을 이해하지 못하는 자식으로 남겠다는 뜻이 아닌가.

나이 들어갈수록 부모님 짐을 덜어주는 자녀가 있는가 하면 나이 들어갈수록 부모님 짐을 가중시키는 자녀들도 있다. 그리고 자녀가 부모님의 짐을 덜어드릴 만한 능력을 가질 무렵, 부모님은 대체로 저 세상에 계시는 경우가 많다.

때로는 산을 넘고 때로는 물을 건너 험난한 인생길 걸어가면서, 한평생 남의 짐 덜어주는 존재가 되지는 못할망정, 한평생 남에게 짐이 되는 존재로 살아서야 되겠는가. 젊었을 때 부디 촌음을 아껴 쓰고, 몸과 마음을 다해 실력 연마에 매진하기를.

나는 어느 쪽으로 바람이 불어도 그대에게로 날아가는 새.

자기만을 위한 공부는

집 밖에서 만나는 인간은 모두 적이라고 가르치는 부모나 선생은 결국 자식과 제자를 인간 이하의 동물로 만들어버릴 수도 있다.

아이들에게 올바른 가치관을 심어주지 않으면, 아이의 장래를 망칠 뿐만 아니라 나라의 장래까지를 망치게 된다는 사실을, 지금 이 시대의 어른들 대부분이, 대수롭지 않게 생각하는 성향이 있다.

흔히 자녀들이 공부를 게을리하면 부모들은 공부해서 남 주느냐고 핀잔을 준다. 하지만 공부의 본질과는 거리가 먼 핀잔이다. 대한민국의 교육이념은 홍익인간(弘益人間)이다. 인간을 널리 이롭게 한다는 뜻이다. 자기만을 위한 공부는 차라리 안 하는 편이 낫다.

인생에서 가장 소중한 가르침을 자녀들에게 물려주고 싶은가. 자녀들이 어머니라고 부르는 여자를 언제나 존중하고 사랑하는 모습을 보여주면 된다.

만물이 정지해 있어도 그대 심장이 뛰는 소리는 들을 수 있다.

생각도 깊어야 한다

지혜로운 자치고 재물을 탐하는 자가 없고, 어리석은 자치고 재물을 탐하지 않는 자가 없다. 하늘에 쌓아두지 못할 것은 땅에도 쌓아두지 말라는 말이 있다. 인간에게는 덕(德)이 근본이고 재(財)는 곁가지에 불과하기 때문이다.

매 시간, 관찰하고, 탐구하고, 사색할 수 있는 존재들이, 도처에서 그대의 마음과 눈길을 기다리고 있지만, 많은 분들이 오로지 돈에만 신경을 집중하고 살아간다. 하지만 내 경험에 의하면 사색의 깊이가 얇은 사람은 부의 두께도 얇을 수밖에 없다.

산이 높아야 골도 깊은 법이다. 이상이 높으면 생각도 깊어야 한다. 얇은 생각으로 높은 이상만 추구하면 결국 분에 넘치는 허영으로 전락하고 만다. 얻고자 하는 것이 크면 그것을 담을 그릇도 커야 하겠지.

깊은 연못에는 잉어가 살고 깊은 마음에는 호걸이 산다.

상식도 안 통하는데

깃발은 바람에 펄럭거리는 것이 당연하고 깃대는 바람에 요지부동인 것이 당연하다. 사람이라면 모름지기 감성은 깃발 같아야 하고 이성은 깃대 같아야 한다. 그런데 그것이 반대인 사람들도 있다. 소통이 불편해질 수밖에 없다.

세상 만물과 소통할 능력을 가진 사람이라 하더라도 소통할 가치가 없다고 판단한 대상에게까지 소통의 창을 열어줄 필요가 있을까. 바람이 불면 나뭇잎이 흔들리고 소나기가 내리면 강물이 불어나는 법. 당연한 상식도 안 통하는데 대화가 통할 리 없다.

글 속에 글이 있고 말 속에 말이 있다는 속담을 아시는지. 말과 글에 숨어 있는 뜻이 무궁무진해서 함부로 단정하면 안 된다는 의미로 쓰이기도 하지만 그 많은 글과 말 중에서도 쓸 말이 있고 버릴 말이 있다는 의미로 쓰이기도 한다. 이 글도 마찬가지.

글은 금속이다. 사흘만 쉬어도 문장에 녹이 슨다. 제길슨.

반짝거린다고 모두가 보석은 아니다

세상을 살다 보면 가끔 학벌 좋은 사람이 반드시 성격까지 좋은
건 아니구나, 하는 깨달음과, 벼슬 높은 사람이 반드시 인품까지 높
은 건 아니구나, 하는 깨달음을 얻을 때가 많다. 그럼, 옷이 명품이
라고 몸이 명품일 리는 없겠지.

우리는 부자를 보면 흔히 욕심 많은 사람이 황금을 차지하고 있다는 생각을 하기 쉽다. 하지만 잘못 생각한 것이다. 사실은 욕심 많은 사람이 황금을 차지하고 있는 것이 아니라 황금이 욕심 많은 사람을 차지하고 있는 것이다.

집이 천 간이나 되어도 밤에 누울 자리는 여덟 자면 족하고 좋은 논밭이 만 경이나 되어도 하루에 먹는 곡식은 두 됫박이면 족하다. 그런데도 속물들은 한사코 더 가지려는 욕심을 버리지 못한다. 그래서 한평생 불행이 바짓가랑이를 붙잡고 늘어진다.

너는 어디 있니.

2016 ELIII

나만 옳다며 다양성?

인터넷에서 비상식적인 언행을 일삼는 무리들은 왜 다양성을 인정하지 않느냐는 항변을 상투적인 보호장비로 즐겨 사용한다. 하지만 다양성이 곧 정당성은 아니다. 정당성은 상식의 범주 안에 있고 상식은 도덕의 범주 안에 있다.

나만 다양성에 포함되어 있다는 생각은 버리자. 나와 반대되는 의견을 가진 사람도 다양성에 포함되어 있다. 그런데 어째서 나만 정당하고 나와 반대되는 의견을 가진 사람은 부당한가. 나만 옳다는 견해를 굳히고 내미는 다양성. 웃긴다.

가난뱅이에게 아부하는 사람은 없다. 셰익스피어의 말이다. 뜻은 그대가 헤아리시기를.

아담과 이브가 한국 사람이었다면 원죄 따위는 안 생겼을지도 모른다. 뱀이 나타나 선악과를 따 먹으라고 유혹했을 때 한국 사람이었다면 하나님이 따 먹지 말라고 하셨던 선악과 대신 정력에 좋다는 뱀을 먼저 잡아먹지 않았을까.

큰 사람 밑에서 덕 보는 사람은 많다

팔백 냥을 들여서 집을 사고 천 냥을 들여서 이웃을 산다는 말이 있다. 하지만 도시의 아파트 단지에서는 별로 공감이 되지 않는 말이다. 팔백 냥을 들여서 집을 사고 천 냥을 들여서 분양한 회사와 싸우는 것이 작금의 현실이다.

어른의 말을 들으면 자다가도 떡이 생긴다는 속담이 있다. 때로는 떡에서 디귿 하나가 떨어져 나가서 떡이 덕으로 변할 수도 있다. 하지만 요즘은 돈이 안 된다면 떡이든 덕이든 신경 쓰지 않는다. 돈도 덕 곁에서 논다는 사실을 모르는 시대다.

큰 나무 밑에서 덕 보는 나무는 드물어도 큰 사람 밑에서 덕 보는 사람은 많다. 어차피 사람으로 태어나 사람으로 사는 인생, 작은 사람으로 남에게 신세 지면서 사는 것보다 큰 사람으로 남에게 덕을 베풀며 사는 것이 좋겠지. 물론 당신도 가능하다.

흔들릴 준비는 되어 있다. 이제 속삭여주기를.

작은 곤경에도 변절

왕따건 폭력이건 남을 괴롭히면서 즐거움을 느끼는 부류들의 내면에는 치졸하고 야비한 영웅심리가 내재되어 있다. 하지만 진정한 영웅은 약자를 도와주지 괴롭히지는 않는다. 약자에게 영웅 행세를 하면서 쾌감을 느끼는 것은 소인배들이나 하는 짓이다.

대인은 강자에게는 강하고 약자에게는 약하다. 소인은 강자에게는 약하고 약자에게는 강하다. 대인은 정의와 명분을 중시하고 소인은 영달과 아부를 중시한다. 대인은 어떤 곤경이 닥쳐도 흔들림이 없으며 소인은 작은 곤경에도 변절을 서슴지 않는다.

금품을 훔치는 일에 골몰해 있으면 그대가 소인배요, 천하를 훔치는 일에 골몰해 있으면 그대가 군자다.

짐승이 된다

돈은 비료와 같아서 뿌리지 않으면 아무 소용이 없다. 영국 속담이다.

예수님은 떡 5개와 물고기 2마리로 5천 명을 먹여 살리는 기적을 보여주신 적은 있지만, 성경 어디를 찾아보아도 어떤 능력을 보여주고 돈을 버셨다는 가르침은 없다.

대형 종교 재단들이 사회를 위해 쓰지 않고 깔고 앉아 있는 돈은 화장지만도 못한 무용지물이다. 오히려 경제적 순환을 저해한다. 아직도 도움이 절실하게 필요한 이들이 부지기수다. 가난구제는 나라님도 못한다지만 예수님 부처님은 가능하지 않을까.

돈이 죄를 불러들이는 것은 아니다. 돈을 숭배하는 그 마음이 죄를 불러들인다. 서머싯 몸도 돈은 육감(六感)과 같은 것이다, 그것이 없으면 당신은 나머지 다섯 가지 감각을 제대로 누릴 수 없다고 말했다. 다섯 가지 감각에 이성까지 잃어버리면 짐승이 된다.

어쩌실 건가요

미친개는 몽둥이가 약이라는 옛말이 생각나서 동네방네 싸질러 다니면서 사람을 물어뜯는 미친개 한 마리를 몽둥이로 두들겨 팼더니 동물학대로 신고하겠단다. 미친개까지 사랑하는 마음이야 거룩하다 치자. 그런데 더 많은 사람들이 물어뜯기면 어쩌실 건가.

나쁜 놈들의 사례를 언급하면 발끈해서 악플 다는 사람들이 있다. 도둑놈 제 발 저린 격이다. 가만히 있으면 아무도 도둑놈인 줄 모른다. 그런데 굳이 그런 식으로 자기 수준을 드러내는 건 무슨 심리일까. 존재감을 드러내고 싶은 욕구를 참지 못해서?

니들의 수준이 어디 가겠니.

2016 BAPPA

봄,

나도 이제 살아봐야겠다.

정치가에게 두 번 속았다면

솔밭에 앉아 낚시질을 하면 백 년을 기다려도 피라미 한 마리 얼씬거리지 않는다. 몇십 년 동안 일이 풀리지 않는다면 혹시 지금까지 솔밭에 앉아 낚시질을 하시지나 않았는지. 산에 가야 범을 잡고 물에 가야 고길 잡는다는 말은 괜한 소리가 아니다.

말똥도 모르고 마의(馬醫) 노릇한다는 속담이 있다. 아무것도 모르면서 어떤 일을 수행하려고 들 때 쓰는 속담이다. 더러 감투 쓰신 분들 중에는 말똥 모르는 마의와 흡사한 분들이 있다. 하지만 너무 격분하지 마시기를. 대개 일찍 옷을 벗으니까.

정치가에게 한 번 속았다면 정치가를 욕하자. 그러나 정치가에게 두 번 속았다면 자신을 욕하자.

요즘 정국들을 보면 카드빚 많이 밀려서 돌려막기 하는 형국을 연상시킨다. 하나 터지면 다른 하나가 터지고, 하나 터지면 또 다른 하나가 터지고. 참 혼란스럽다. 국민에게 진 빚들 빨리 갚고 안정되고 평화로운 정국을 보여주면 안 될까.

언젠가는

여물 많이 먹은 소 똥 눌 때 알아본다는 속담이 있다. 저지른 죄는 반드시 드러나기 마련이라는 의미로 쓰인다. 그런데 어떤 소는 여물을 29그램 정도밖에 안 먹었다고 오리발을 내밀면서 똥조차도 누지 않는다. 믿을 수 있는가.

가끔 날도둑에게 열쇠를 맡겨두고 나중에 광이 털렸다고 난리법석을 떠는 형국을 보곤 한다. 일단 털리고 나면 좀처럼 재산은 환수되기 힘들다. 훔친 물건은 삼키는 것이 날도둑의 특성이지 절대로 토하는 법은 없다.

속았어도 분노할 필요 없다. 자업자득이니까. 세상이 당신에게 한두 번 눈 가리고 아웅을 했던가. 똥이 무섭다고 피하기만 하면 언젠가는 온 세상이 똥밭으로 변해버린다고 내가 몇 번이나 말하지 않았는가. 그냥 지금까지 사셨던 대로 사시옵소서.

그대에게 감기고 싶다.

까짓 거, 인생이 별건가

나태와 무능이라는 이름의 뚝건달들 곁에는 항상 불평과 빈곤이라는 똘마니들이 붙어 다닌다.

늘 안된다는 생각만 하고 살지는 않았는가. 새우 미끼로도 잉어를 낚는다는 말이 있다. 작은 자본을 들여서 큰 소득을 얻을 수도 있다는 뜻이다. 하지만 고기도 잘 낚이는 장소 잘 낚이는 시간이 있다. 어쩌면 변화와 창조가 필요할지도 모른다.

열등감은 붙잡고 있으면 주인을 계속 아래로만 끌고 내려가서 급기야는 우울의 늪 밑바닥에 생매장해 버린다. 이럴 때 한마디를 던지라. 쉬파, 내가 신이냐. 그러면 열등감이 즉시 사라져버린다. 사실 열등감은 인간 누구에게나 다 기생하는 것이다.

낙락장송도 근본은 솔씨라는 말이 있다. 아무리 훌륭한 사람도 처음에는 범인(凡人)과 다름이 없다는 뜻이다. 때로는 열등감 내던 져버리고 지금부터 시작하는 것이 중요하다. 까짓 거, 인생이 별건 가. 젊은 나이에 도전도 안 해보고 포기할 수는 없지.

거울을 볼 때마다, 넌 나름대로 썩 괜찮은 놈이야, 라고 말해 주자.

뭐 켕기는 거 있으신지

음식은 도락이다. 그런데 도락인 음식을 예전에는 죽지 않으려고 의무적으로 먹었다. 물론 맛 따위는 개의치 않았다. 누가 음식투정을 했나. 시장이 반찬이다. 인간은 너무 배가 고파도 개념을 상실하고 너무 배가 불러도 개념을 상실하는 동물이다.

나는 어떤 경우에도 자기 측근들의 뱃가죽만 살찌우고 자기 국민들을 허기지게 만드는 정치가는 혐오한다. 특히 독재와 기만을 일삼는 정치가는 인간 이하로 취급한다. 그래서 고의적 군미필자도 혐오한다.

뛰어난 지도자를 만나면 백성들이 쓸데없는 근심을 할 필요가 없다.

국민에 대한 애정과 관심이 넘쳐서 개인의 일거수일투족까지 감시, 국민으로 하여금 공포와 진저리를 느끼도록 만드시는 분들. 뭐 켕기는 거 있으신가.

해마다 봄은 또 온다

예전부터 미련한 놈 가슴에 맺힌 고드름일수록 잘 안 녹는다는 말이 전해져온다. 어찌 미련한 놈이 따로 있겠는가. 서민일수록 가슴에 맺힌 한이 많고 그 한을 풀지 못하면 절로 미련한 놈이 되는 거지. 하지만 괜찮다. 해마다 봄은 또 오니까.

한글로 보면, 빚에서 점 하나만 없으면 빛이 되는데 서민들은 그놈의 점 하나를 얹기 위해 허리가 휘어진다. 가난한 친척들의 빚을 갚을 필요가 없었다면 나는 예술을 창조하느라고 고심할 필요가 없었을 것이다. 미켈란젤로의 말이다. 위안이 되셨기를.

젊었을 때는 돈 없으면 그리워할 자격도 없는 줄 알고 살았다. 세상 잘못은 없다. 다만 내가 바보였을 뿐이지.

그대가 속삭이는 말들은 모두
바람 부는 들판으로 가서 풀꽃으로 흔들린다.

다 차린 밥상에 숟가락만 올려놓으시겠는가

슬갑(膝匣)을 아는가. 겨울에 춥지 않기 위해 바지 위 무릎에 껴입는 옷이다. 남의 글을 몰래 훔쳐서 제멋대로 사용하는 사람을 슬갑도둑이라고 한다. 내 글을 훔쳐다 출처도 안 밝히고 자기 블로그 등에 올리시는 슬갑도둑님들. 무릎은 따뜻해지셨나요.

평소에는 들판에 눈길 한 번 안 주다가 추수 때에만 다 된 농사에 낫 들고 덤비는 사람 동네마다 꼭 한 명 정도는 있다. 생색내기 좋아하는 사람들이다. 다 차린 밥상에 숟가락만 올려놓기. 동네마다 있는데 쿨럭, 나라엔들 없겠는가.

예언컨대, 식당에서 자기 아이가 다른 손님들의 식사를 방해하는 모습을 뻔히 보고도 가만히 있는 부모는 결국 그릇된 애정으로 아이의 장래를 망칠 가능성이 농후하다.

그대를 큰 그릇으로 쓰기 위해

평생 밤만 계속되는 인생이 어디 있으며 평생 겨울만 계속되는 나라가 어디 있겠는가. 기다리고 살다 보면 내 인생 해 뜨는 아침도 오고 내 나라 꽃 피는 봄도 오겠지.

미래는 아무도 예측하지 못한다. 당신도 어느 날 갑자기 운이 풀려 대박이 터질 수도 있다. 그러니까, 아무리 어려워도 절대로 절망하지는 말자 이 말이다. 안되면 무얼 할까를 생각할 시간에 잘되면 무얼 할까를 생각하자 이 말이다.

물론 지금까지 힘들었다는 건 인정한다. 그러나 나는 경험자의 한 사람으로서 모든 자살충동에 보류라는 긴급카드를 던진다. 미래의 어디쯤에서 기회라는 놈이 찬란한 광채를 뿜으며 그대를 기다리고 있을지 모르기 때문이다.

시간은 가끔 당신의 편이 아닐 때가 있다. 때로는 잔인하게 그대를 시궁창으로 처박아버린다. 너무나 오랫동안 그런 상태가 계속된다면, 신이 그대를 큰 그릇으로 쓰기 위해 담금질하고 있는 것이 분명하다. 눈부신 미래를 위해 기꺼이 존버.

내 눈에만 보여요.

2013

내 안에 나의 적이 있다

밑천이 없다고 방구석에 틀어박혀 한탄만 하고 있으면 하늘에서 돈벼락이 떨어지나 사금비가 쏟아지나. 궁즉통(窮則通). 새우 한 마리로 팔뚝만 한 잉어를 낚는 수도 있다. 설마 새우 한 마리조차 구할 수완이 없다고는 안 하겠지.

누운 나무에는 열매가 안 열린다는 속담이 있다. 죽은 듯이 방 안에 드러누워 허송세월하는 사람에게는 아무것도 생기는 게 없다는 뜻으로 쓰인다. 움직이라. 움직여야 행운도 따라온다.

진정한 적은 언제나 바깥에 있지 않고 안에 있다. 우리 안에 우리의 적이 있고, 당신 안에 당신의 적이 있으며, 내 안에 나의 적이 있다. 그것부터 찾아서 섬멸하지 않으면 세상과 당신은 절대로 변하지 않는다.

불의에 침묵하지 말라. 그대의 침묵이 불의라는 짐승을 급성장시키는 사료가 된다.

길은 언제나 새롭다

초근목피로 연명을 해도 내 마음이 흡족하면 만천하가 흡족하고 진수성찬으로 연명을 해도 내 마음이 빈곤하면 만천하가 빈곤하다. 복은 밥상으로 받는 것이 아니라 마음으로 짓는 것이다.

당신이 걷는 인생길은, 때로 꽃잎에 덮여 있기도 하고 때로 빗물에 젖어 있기도 하고 때로 낙엽에 덮여 있기도 하고 때로 눈에 덮여 있기도 하다. 유심히 보면 같은 길은 없다. 다만 당신의 시선만 새롭지 않을 뿐, 길은 언제나 새롭다.

행복이 오기를 기다리는 사람보다 행복을 직접 만드는 방법을 익히는 사람이 행복을 끌어안을 가능성이 훨씬 높은 사람이다.

비관론자들은 또 하루가 간다고 말한다. 하지만 또 하루가 가는 것이 아니라 또 하루가 오는 것이다. 모든 하루는 그대를 위해 부여되는 하루라는 이름의 희망이요 기회다. 내가 드리는 것은 아니다만 부디 아름답고 요긴하게 쓰시기 바란다.

그대가 생각하기에는 너무 느리게 흘러갈 뿐

에리히 프롬은 우울을 감각에 대한 무능력이며 우리의 육체가 살아 있음에도 죽어 있다고 느끼는 것이라고 말했다.『플루타르크 영웅전』은 우울이 위대한 인물들의 특성이라고 명기한 아리스토텔레스의 말을 인용한다. 그 대표적인 인물 첫머리에 소크라테스가 등재되어 있다.

그대여, 근심하지 말라. 그대가 근심하는 동안에도 지구는 열심히 돈다. 지구가 열심히 도는 한 시간도 열심히 흐른다. 그리고 시간이 열심히 흐르는 한 근심 또한 열심히 망각의 강으로 흘러간다. 다만 그대가 생각하기에는 너무 느리게 흘러갈 뿐.

칠 년 대한(大旱)에 비 안 오는 날이 없었고, 구 년 장마에 볕 안 드는 날이 없었다는 말이 있다. 세상만사는 나쁜 일만 있다가도 한 번쯤 좋은 일이 생기는 수가 있으니 힘들어도 참고 견디라는 뜻이다. 옛사람도 존버 정신의 중요성을 알고 있었던 거다.

아픔도 없고 슬픔도 없는 인생을 바라지 말라. 국물도 없고 반찬도 없는 맨밥을 무슨 맛으로 즐긴단 말인가.

사랑할 때는 모든 풀잎들이 음표가 된다.

오직 최선을 다하면 그뿐

가족들과 영화를 한편 보고 집으로 돌아가는 길. 폐항처럼 문을 닫은 거리를 보면서 방황하던 젊은 날을 떠올렸다. 죽고 싶을 때가 많았지만 버티기를 참 잘했다는 생각이 든다. 오랜만에 존버.

젊었을 때는 하는 일마다 망조가 들어서 오래도록 비참지경을 벗어날 수가 없었다. 그래서 평생 삼재려니 하면서 살았다. 잘되기를 바란 적이 없다. 오직 최선을 다하면 그뿐이라고 생각했다. 그러다 보니 어느새 여기까지 와 있다.

어쩐지 지구를 구하기 위해 곧 출동해야 할 듯한 긴장감.

살다 보면 오래도록 목숨같이 소중하게 간직했던 꿈조차도 한꺼번에 물거품이 되는 수가 있었다. 아무리 걸어도 낯선 마을, 때로는 아무 잘못도 없는데 사나운 돌들이 날아오기도 했다. 전생에 지은 죄가 많으려니 했다. 이제 지구를 구할 차례다.

자신을 이기는 연습

친구를 잃은 분께 인터넷으로 쪽지를 보내면서 버릇이 되어 하마터면 말미에 ^^를 붙일 뻔했다. 모골이 송연.

버릇은 오랫동안 반복하여 몸에 익어버린 습관이나 윗사람에 대한 아랫사람의 예의를 뜻한다. 세 살 버릇 여든까지 간다는 속담이 있다. 제 버릇 개 못 준다는 속담도 있다. 뜬금없지만 카톡에서 새는 바가지 트윗에서도 샌다는 속담은 어떨까.

자신의 습관을 뛰어넘지 못하면 운명 또한 뛰어넘기 힘들다. 날마다 자신을 이기는 연습을 하면서 살아가자. 자신의 앞길을 가로막는 것은 타인보다 자신일 때가 훨씬 많다.

세상과 인생이 아무리 어둡고 척박해도 그대 자신이 그대를 위로하고 칭찬하고 사랑해 주는 습관을 가지기를. 한 달 정도만 실천해도 안 풀리던 일들이 술술 잘 풀리는 현상을 체험하게 될 것이다. 그대의 가장 위대한 동반자는 바로 그대 자신이다.

144,000

2장

욕심을 줄이는 수행이 근심을 줄이는 수행

성공의 시기는 그대가 결정하는 것이 아니다

시간의 특성상 어떤 특정한 시간에 머물러 있고 싶어도 그 시간에 머물러 있을 수는 없다. 그러나 당신이 다음 문장 한 줄의 의미를 안다면 당신은 일반적 시간의 특성을 초월할 수 있을지도 모른다. '시간은 흐르는 것이 아니라 쌓이는 것이다.'

언제까지 성공하겠노라고 시기를 정하지는 말라. 성공의 시기는 그대의 노력 여하에 따라 성공이 결정하는 것이지 그대가 결정하는 것이 아니다. 그대는 다만 진실과 열정과 노력을 다할 때 성공이 빨라진다는 사실만 굳게 믿으면 된다.

토머스 칼라일의 말에 의하면, 길을 가다 돌을 만났을 때 약자는 그것을 걸림돌로 받아들이고 강자는 그것을 디딤돌로 받아들인다고 한다. 그것을 보는 순간 돈으로 만들 방법부터 생각하는 그대. 인간미는 다소 부족하겠지만 그대가 바로 천하무적이다.

2013

가까이 있어도 가슴이 뛰고 멀리 있어도 가슴이 뛴다.

다시 태어나는 일이 중요하다

태양이 하나밖에 없기는 하지만 부자들의 머리 위에만 떠오르지는 않는다. 그대 머리 위에도 떠오른다. 허구한 날을 가슴에 어둠만 간직하고 살아갈 필요는 없다. 그대는 비록 가난해도 굳세게 살아 있다. 고로 희망을 간직할 자격이 있다.

시곗바늘을 거꾸로 돌린다고 시간까지 거꾸로 돌아가지는 않는다. 밤이 아무리 길어도 언젠가는 아침이 오고, 겨울이 아무리 길어도 언젠가는 새 봄이 온다. 절대로 절망하거나 포기하지 않겠다. 존버.

24시간마다 한 번씩 묵은 날이 가고 새날이 온다. 하지만 자신이 새롭지 않으면 어떤 날이 와도 결코 새날이 아니다. 날마다 새로운 마음으로 다시 태어나는 일이 중요하다. 기분을 전환하자. 힘을 내자.

내면의 에너지가 외형의 에너지를 지배한다

시험에 주눅이 들어 있는 사람은 물음표나 괄호만 보아도 심장이 오그라든다고 한다. 그런데 합격자가 반드시 우수한 사람이고 불합격자가 반드시 열등한 사람은 아니다. 시험의 모순이다. 이제는 능력을 측정하는 방법 자체를 바꾸어야 하지 않을까.

집안마다 말썽을 부리는 존재가 반드시 한 명씩은 있기 마련이다. 하지만 너무 미워하지는 마시기를. 그는 집안의 모든 액땜을 혼자 도맡아 처리하는 역할을 담당하고 있는지도 모른다. 이번 명절에 만나면 장점을 찾아내고 칭찬 한번 해주자.

부정적인 생각만 하는 사람의 인생은 부정적일 수밖에 없다. 눈에 보이지 않는 내면의 에너지가 눈에 보이는 외형의 에너지를 지배한다. 악연(惡緣)도 결국 그대가 불러들인 것이고 호연(好緣)도 결국 그대가 불러들인 것이다. 오늘도 그대에게 기쁜 일만 가득하길.

2014 EWhite

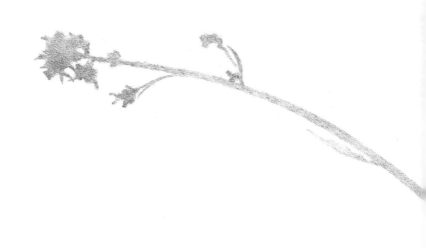

그림자마저도 실체와 똑같이 가슴이 두근거리게 만든다.

미래의 당신 모습

군대시절 졸병 때 김신조가 무장병력을 이끌고 서울을 침공했다. 24개월이었던 복무연한이 36개월로 연장되었고 고참들은 잔인할 정도로 졸병들을 괴롭혔다. 11로 시작되는 속칭 와르바시 군번이다. 나는 그때 이미 존버 정신에 길들여져 있었다.

모든 불행 중에서도 가장 암울한 불행은 옛날에 행복했다는 기억을 간직하고 있다는 사실이다. 그러나 다행스럽게도 나는 옛날에도 불행했다. 그래서 인생을 평생삼재려니 생각하고 살았다. 오로지 존버, 두 음절만 빽이자 무기로 신봉하고 살았다.

옛날에는 참을 인(忍) 자 셋이면 살인도 면한다고 했다. 오늘날은 참을 인 자 셋이면 등신 취급받는다고 한다. 그러나 내 경험에 의하면 승리는 결국 인내심이 강한 자의 편이다. 성공한 사람들은 모두 인내심이라는 정신의 갑옷을 착용하고 있다.

오늘의 당신 모습은 과거가 만들었다. 미래의 당신 모습은 오늘이 만든다. 날마다 외형보다는 내면을 잘 다듬으면서 살아가면 후회하지 않는 미래를 만날 수 있다.

험담꾼에게

토끼는 거북이보다 빨리 뛰어서 나쁜 동물이고 거북이는 토끼보다 느리게 기어서 나쁜 동물이라면, 지구상에 존재할 가치가 있는 동물은 오직 당신뿐이라는 말씀인가. 죄송하지만, 내가 보기에는 당신이 지구를 떠나야 할 동물 1순위 같은데.

인품이 개떡 같은 인물이 욕망까지 높으면 주위 사람들에게 전가시키는 죄악만 커지게 된다.

험담꾼이여.

곤경에 처해 있거나 슬픔에 빠져 있는 사람을 만났을 때 위로해주고 싶은 충동을 느낀다면 당신은 그대로 이 세상을 살아도 무방한 존재다. 하지만 그런 사람을 비난하거나 조롱하고 싶은 충동을 느낀다면 당신은 정신과 치료가 필요한 존재다.

헌 사랑이 가면 반드시 새 사랑이 온다

연애는 봄처럼 화사하게 꽃피우고, 욕정은 여름처럼 뜨겁게 불태
우며, 사랑은 가을처럼 풍성하게 수확하고, 이별은 겨울처럼 쓰라리
게 인내하는 것.

시간에도 빛깔과 무게가 있다. 사랑할 때의 시간은 금빛이지만 이별할 때의 시간은 납빛이다. 이때의 금은 무게가 느껴지지 않을 정도로 가볍지만 납은 걸음을 옮겨놓기 힘들 정도로 무겁다.

아름다운 것들과의 이별은 대개 연습도 없고 예고도 없이 불현듯 우리를 찾아온다. 그리고 가슴 밑바닥에 깊은 상처로 숨어 있다가 수시로 도져서 날카로운 아픔으로 되살아난다. 치매에 걸리거나 기억상실증에 걸리기 전에는 특별한 치료약이 없다.

대중가요 가사들이 모두 자신의 처지를 대변하고 있다는 사실을 절실하게 느끼고 있다면 그대는 실연했을 가능성이 높다. 그대는 비로소 존버 정신의 가치를 깨닫게 된다. 하지만 절망하지는 말라. 헌 사랑이 가면 반드시 새 사랑이 온다.

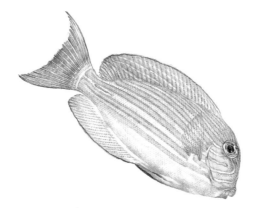

피어도 사랑,
시들어도 사랑.

제 살을 녹여 어둠을 물리쳐주는 촛불이 좋다

어느 쪽이 나쁜 사람이고 어느 쪽이 좋은 사람인가를 아는 것은 중요하지 않다. 좋은 쪽을 칭찬하고 나쁜 쪽을 욕하는 것도 중요하지 않다. 하지만 자신이 어느 쪽을 실천하면서 살고 있는가는 참으로 중요하다.

트위터에 촛불처럼 살자는 글을 올렸더니 형광등처럼 사는 게 더 낫지 않겠느냐고 댓글 단 분이 계셨다. 형광등이 촛불보다 밝기는 하다. 하지만 제 살을 녹이고 뼈를 태워서 어둠을 물리쳐주는 촛불이 더 좋다.

감성이 메마른 토양에서는 효도의 나무도 자라지 않고 애국의 숲도 번성하지 않는다.

열 번 잘하다 한 번 실수하면 욕을 먹어도 열 번 못하다 한 번 잘하면 칭찬을 듣는다. 하지만 못하는 횟수보다는 잘하는 횟수가 많아야 성공할 확률이 높다. 물론 욕을 먹어도 칭찬을 들어도 오로지 제 할 일만 열심히 하는 사람이 진국이다.

진정한 성공

내 돈 서 푼은 알고 남의 돈 칠 푼은 모른다는 말이 있다. 자기 것만 소중하게 생각하고 남의 것은 하찮게 여길 때 쓰는 말이다. 이런 사람들은 대개 받을 돈은 악착같이 받아내고 줄 돈은 어영부영 떼먹어버리는 성격을 가지고 있다.

자기에게만 득이 되고 타인에게는 해가 되는 꿈은 진정한 꿈이 아니다. 그런 꿈이야말로 개꿈이다.

나는 성공을 했는데 그것 때문에 불행해지는 사람이 많아진다면 그것은 결코 진정한 성공이 아니다. 나의 성공에 의해서 행복해지는 사람이 많아야만 그것이 진정한 성공이다.

같은 속도로 흔들리기.

2010

누가 진실로 그를 사랑할 수 있겠는가

　모름지기 지구상에서 사람이라는 이름으로 살아가는 동안, 곤경에 빠진 누군가를 도와주지는 못할망정, 자신의 이득을 위해 누군가를 곤경에 빠뜨리는 언행은 저지르지 말아야겠다. 이것 하나만 지키고 살아도 사람으로서의 자격은 유지된다.

여자를 좋게 말하는 사람은 여자를 충분히 모르는 사람이며 여자를 나쁘게 말하는 사람을 여자를 전혀 모르는 사람이다. M. 르블랑의 말이다.

거참, 잘하는 사람 박수 쳐주면 손바닥이 곪아 터지나, 한사코 깎아내리지 못해 안달하는 모습들. 요즘 제 도끼로 제 발등 찍는 분들이 적지 않다. 징조를 보아하니 몰락이 머지않았다는 생각이 드는데 정작 당사자들은 모르고 있는 것 같다.

남을 기쁘게 만드는 법을 터득지 못한 사람은 나를 기쁘게 만드는 법도 터득지 못한 사람이다. 한평생 자신의 기쁨만을 위해서 살아가는 인생은 한평생 불만덩어리를 재산으로 끌어안고 살아가는 인생이니, 누가 진실로 그를 사랑할 수 있겠는가.

진정한 부자

칠 년 대흉이 들어도 무당은 안 굶어죽는다는 말이 있다. 살기 어려울수록 미신에라도 기대고 싶은 것이 인지상정. 세상이 어수선할수록 점집은 문전성시다. 요즘은 어떨까.

가장 자유롭다는 말은 가장 자연스럽다는 말과 상통한다. 그러나 방종과는 거리가 멀다. 자연은 오히려 철두철미한 절제를 유지하는 쪽에 가깝다. 그래서 절대로 순리를 거역하는 법이 없다. 하지만 인간은 빽 하면 돈을 핑계로 순리를 거역한다.

행하기 전에 생각하면 후회할 일이 줄어들고 행한 다음에 생각하면 후회할 일이 늘어난다. 소비가 미덕이라는 말이 있다. 하지만, 그대가 일단 지르고 보는 거야, 라는 말을 자주 사용한다면, 지르기 전에 한 번쯤 생각해 보는 여유를 가져보기를.

인간은 돈이 없을 때보다 사람이 없을 때 한결 초라해진다. 그러나 돈이 있기 때문에 사람이 있는 경우도 있다. 하지만 그런 경우는 돈이 떠나면 사람도 떠난다. 비록 돈은 없지만 곁에 머물러줄 사람이 많다면 그가 바로 진정한 부자다.

골목길 가로등이 아무리 밝아도
보름달은 절대로 시기하지 않는다

빈 수레나 빈 깡통은 소리가 요란하다. 머리가 비어 있는 사람도 예외는 아니다. 하지만 마음이 비어 있는 사람은 다르다. 소리를 내야 할 때와 소리를 내지 말아야 할 때를 가릴 줄 안다.

이 세상 어디에 머물든 사랑이 가득하면 천국이고 미움이 가득하면 지옥이다. 그대는 지금까지 인생을 살면서 가슴 밑바닥에 사랑이 더 많이 쌓이던가, 아니면 미움이 더 많이 쌓이던가.

자신은 전혀 남을 배려해 본 적이 없으면서 남이 자신을 배려치 않는다고 투덜거리는 사람들이 있다. 아무리 비싼 안경을 쓰고 있어도 제 모습 못 보면 청맹과니나 다름이 없다. 거울 자주 들여다보지 말고 마음 자주 들여다보자.

얼마나 더 간절해야 제게로 올까요.

따질 필요가 있을까

등잔불에 콩 볶아 먹을 놈. 생각하는 것이나 행동하는 짓거리가 어리석고 옹졸해서 답답하기 이를 데 없을 때 쓰는 말이다. 우리 선조들은 속담만 보아도 해학과 풍자가 넘친다. 내공이 없으면 이런 표현 불가능하다.

광 속에 있는 쥐 한 마리가 가마니에 구멍을 뚫고 쌀을 훔쳐 먹곤 한다. 주인은 그때마다 투덜거리면서 가마니를 꿰맨다. 쥐덫을 놓아서 쥐를 잡아버리면 그만일 텐데 왜 번번이 투덜거리면서 가마니를 꿰매고 있을까. 참으로 답답해 보인다.

옆집에서 악착같이 똥 닦던 걸레를 행주로 쓰겠다고 한다. 자칫하면 병에 걸릴 우려가 있다고 충언해 주어도 소용이 없다. 굳이 동네 사람 불러 모아서 밤새도록 어느 쪽이 옳고 그른가를 따질 필요가 있을까.

우리는 속았는지도 모른다

나간 놈 몫은 있어도 자는 놈 몫은 없다는 속담이 있다. 게으른 놈은 얻어먹을 것이 없다는 뜻이 내포되어 있다. 아무리 부지런해도 요즘처럼 취업하기 힘들면 결국 자는 놈으로 전락할 수밖에 없다는 사실이 함정.

대한민국의 구태의연한 교육 실태와 진리 탐구는 도대체 무슨 상관이 있나. 대학을 졸업하고 그대가 얻어낸 진리가 무엇인지 한 마디로 말해 보시지. 그대는 혹시 진리탐구를 빙자한 사기를 당한 것이나 아닌지. 그래, 우리는 제기럴, 속았는지도 모른다.

교육을 이수하기 위해 그토록 많은 시간과 돈을 투자했는데 취업조차 어려운 세상. 그대 잘못이 무엇인가. 세상이 그대를 속이고 있는데 왜 슬퍼하거나 노하지 말아야 하나. 제길슨.

세상이여, 이제 사람 그만 울릴 때도 되지 않았는가.

이토록 오래 기다려야 굳이 사랑인 줄 아시겠습니까.

진저리 궁상 3종 세트

부자라고 다 근면한 것도 아니고, 가난뱅이라고 다 나태한 것도 아니다. 하지만 사람들은 대개 부분과 순간만을 보고 전체와 영원을 단정해 버린다. 될성부른 나무는 떡잎부터 알아본다지만 떡잎만 보고는 채소인지 나무인지도 모르는 사람 숱하게 많다.

때로 어떤 분들은 내 인생이 마냥 부럽다고 말한다. 설마 젊었을 때 내가 겪었던 기아와 멸시 따위를 모조리 생략하고 현재의 나만 부러워하는 건 아니겠지.

날씨도 추운데 돈 떨어지고 배까지 고파오면 정말로 서럽다. 강추위. 굶주림. 무일푼. 내가 젊은 시절에 겪었던, 강력 접착제보다 몇 배나 끈덕진 진저리 궁상 3종 세트다.

당신의 인생이 달라지는 것

날마다 행복지수가 떨어지고 날마다 우울지수가 올라가는 대한 민국. 33분마다 1명꼴로 자살자가 발생한다고 한다. 각박한 세태, 메마른 감성, 척박한 영혼이 문제다. 사랑이 가득한 세상이 아니라 증오가 가득한 세상 같아 보인다. 고쳐야 한다.

정신적 빈곤이 우울증을 불러들인다. 정신적 빈곤도 허기를 느끼게 만든다. 그러나 아무리 맛있는 음식을 먹어도 충족감을 느낄 수는 없다. 책이 가장 좋은 치료제다. 일주일에 2권 정도만 복용해도 당신의 인생이 달라진다.

해마다 우울증환자가 증가되는 추세라고 한다. 정신적 빈곤을 물질적 풍요로 메울 수는 없다. 정신적 충족감이 성취되지 않는 한 우울증환자는 줄어들지 않을 것이며 자살자도 계속 늘어날 것이다. 예술을 가까이 하자. 거기에 구원이 있다.

머리 위로 하늘이 청명하다. 저 하늘을 한 장씩 오려서 우울증을 앓고 계시는 분들께 보내드렸으면 좋겠다는 생각을 했다.

사랑은 눈높이를 맞추는 것.

2016 ENNIE

행복을 느끼는 것은
머리가 아니라 가슴이다

유년기에는 우주정복이 꿈이라고 큰소리를 치다가 청년기에는 세계정복으로 꿈을 축소했다. 그러다 장년기에는 마누라 정복도 벅차다는 사실을 깨닫게 되었다. 무엇을 정복하다니. 송두리째 정복당하지나 않고 살 수 있다면 천만다행이다.

물질과 정신을 혼합해서 쓸 줄 모른다면 아직 장인의 반열에 오를 경지가 아니다.

작은 욕심은 하인처럼 다루기가 쉽다. 그러나 큰 욕심은 상전처럼 다루기가 어렵다. 나중에는 주종의 관계조차 뒤바뀌고 만다. 욕심이 커지면 근심과 우환도 커진다. 근심과 우환이 커질수록 행복과 기쁨은 멀리 도망친다.

인생은 신의 선택에 의해 정해지는 것이 아니라 그대의 선택에 의해 정해지는 것이다. 그대가 악행을 반복하면 인생이 불행해질 수밖에 없고 그대가 선행을 반복하면 인생이 행복해질 수밖에 없다. 그리고 행복을 느끼는 것은 머리가 아니라 가슴이다.

하찮아 보이는 벌레라도

굽은 나무가 선산을 지킨다는 말이 있다. 굽은 나무는 아무도 베어 가지 않기 때문에 끝까지 살아남아 중요한 구실을 한다는 뜻이다. 하지만 젊은 시절 나는 굽기만 하고 중요한 구실은 못하는 나무가 되면 어쩌나 걱정을 많이 하면서 살았다.

가끔 하늘을 보면서 하다못해 군대에서의 치약만큼이라도 쓸모 있는 인간으로 살도록 해 달라고 빌면서 살아간다. 물론 미필자들은 왜 하필 치약인지 모르는 분들 많겠지만.

과수농가마다 꽃이 활짝 피었다고 한다. 그런데 꽃가루를 옮겨줄 벌이 없어서 농부들이 직접 붓으로 인공수정을 한다는 소식이다. 아무리 작고 하찮아 보이는 벌레라도 분명한 가치가 있는 법이다. 소홀히 하면 결국 막대한 피해가 인간에게로 돌아온다.

오직 인간이 문제일 뿐

나무는 우리들의 스승이다. 때로는 눈부신 꽃, 때로는 짙푸른 잎, 때로는 향기로운 열매, 때로는 아름다운 단풍으로 우리에게 사랑을 가르친다. 그러다 때로는 다 비운 모습, 헐벗은 몸으로 혹한의 겨울을 견딘다. 나무는 우리들의 거룩한 스승이다.

자신이 올바른 삶을 살고 있는가를 알고 싶다면 자연과 견주어보면 된다. 자연과 잘 어울리는 삶을 살고 있다면 올바른 삶을 살고 있는 것이고 자연과 잘 어울리지 않는 삶을 살고 있다면 잘못된 삶을 살고 있는 것이다. 자연이 곧 인간의 교본이다.

손대지 말라. 자연은 아무 문제가 없다. 오직 인간이 문제일 뿐.

아무리 하찮은 것이라도 그것이 그대와 결코 다르지 않다고 생각하라. 그것에게도 존재 이유가 있으며 그것에게도 존재 가치가 있다고 생각하라. 가급적이면 그것에게서 아름다움을 발견하려고 노력하라. 그러면 그것들과의 대화와 소통이 가능하다.

대수롭지 않은 안부 한마디에도 가슴 뭉클해지는 것.

마음속에 있는 도둑 잡기

오늘 승용차 타고 다니는 저 신사, 내일 뚜벅이 되지 말란 법 없고, 오늘 뚜벅이로 다니는 저 거지, 내일 페라리 타지 말란 법 없으니, 부디 마음공부 게을리 말라. 인생사 새옹지마, 잘 나간다고 거만 떨 일 아니고 못 나간다고 기죽을 일 아니다.

털도 안 난 새가 하늘을 날 수는 없다. 사람도 마찬가지다. 알에서 깨어나지도 않은 처지에 하늘을 날지 못해 안달을 하는 분들도 있다. 서두른다고 일이 빨리 성사되는 것은 아니다. 마음의 여유가 중요하다. 물도 급히 마시면 체한다.

산 속에 있는 열 놈의 도둑은 잡기 쉬워도 마음속에 있는 한 놈의 도둑은 잡기 힘들다는 말이 있다. 마음속의 도둑도, 어릴 때는 바늘도둑이지만 나이 들면 소도둑이 된다. 그래서 어릴 때부터 머리공부보다는 마음공부를 중시해야 한다.

오래 꼬일 때가 있지만 오래 풀릴 때도 있다.

허세가 무지와 결합하면

반식자우환(半識者憂患)이라는 말이 있다. 확실하게 알지 못하고 어중간하게 아는 것은 도리어 근심거리를 만든다는 뜻이다. 어느 선각자의 가르침에 의하면, 알려거든 하늘을 뚫을 정도로 알고 모르려거든 천치와 똑같이 모르는 편이 좋다고 한다.

여름에 나서 가을에 죽는 매미에게 겨울 추위를 견디는 방법을 가르칠 필요는 없다. 인생은 여행과 같다. 당신이 스승이라면, 제자에게 굳이 필요하지도 않은 짐을 배낭 속에 쑤셔 넣고 다니게 만들 필요가 있을까.

화를 당한 사람에게 위로는 못할망정 조롱을 던져서야 되겠는가. 대개 그런 분들은 자기가 화를 당했을 때 조롱을 받으면 적반하장, 입에 거품을 물고 상대를 비난한다. 한 치 앞도 내다보지 못하는 우리네 인생사, 서로 보듬어주면서 살아갈 일이다.

가을, 절대로 믿지 못할 결별 선언.

2013 EMile

아쉬움을 남기는 손님

　자기 의견만 옳다고 우기는 사람이 있을 때, 수긍해 주고 싶지는 않지만 귀찮아서 던지는 속담 한 마디가 있다. "사또님 말씀이야 다 옳습죠"라는 속담이다. 반어법이다. 요즘 인터넷을 하다보면 이 속담 쓰고 싶게 만드는 사람들 참 많다.

　불발탄 쏘았는데도 '뻥' 소리 요란하다.

　자기 손톱 가시 든 것만 아픈 줄 알고, 남의 심장 대못 박힌 것은 안 아픈 줄 아는 사람들이 있다. 그런 분들께는 배려를 기대하기 어렵다. 배려를 기대하기 어렵다는 말은 사랑을 기대하기도 어렵다는 말이다. 하지만 불치병은 아니다.

　방문했을 때 환영받지 못하는 손님은 떠날 때 환영받는다는 속담이 있다. 물론 방문했을 때 환영받고 떠날 때 아쉬움을 남기는 손님이 되어야 한다는 뜻이겠다. 잡상인이라 하더라도 예의 바르고 센스가 넘치는 분이면 가끔 기다려지는 수가 있다.

무지도 일종의 죄악이다

키 짧은 것이야 깔창이나 뒷굽으로 보충하면 되지만 생각 짧은 것이야 무엇으로 보충할 방법이 있나. 인간이 양심을 상실하는 순간, 동물과 동일시된다는 사실을 자각지 못한다면, 종교가 무슨 소용이 있으며 교육이 또한 무슨 소용이 있겠는가.

단지 구름에 가려져 태양이 보이지 않을 뿐인데 지구의 종말이 도래했다고 떠벌리는 사람들이 있다. 사기꾼들이다. 하지만 부모 말은 믿지 않아도 사기꾼들 말은 철석같이 믿는 사람들이 있다. 당연히 측근들이 속을 썩는다. 그래서 무지도 일종의 죄악이다.

인간은 물질적 요소만으로 이루어진 존재가 아니다. 인간은 정기신(精氣神) 삼합체다. 그래서 가진 게 돈밖에 없는 듯이 살아가는 사람도 혐오스럽기 짝이 없어 보이고, 가진 게 몸밖에 없는 듯이 살아가는 사람도 혐오스럽기 짝이 없어 보이는 것이다.

실없는 사람들이 가끔 지구의 종말이 오면 무엇을 하겠느냐고 내게 묻는다. 죽어야지 무엇을 하겠는가.

사람의 마음 또한 그렇다

분노를 간직하고 있으면 병이 된다. 근심을 간직하고 있어도 병이 된다. 슬픔을 간직하고 있어도 병이 된다. 참는 것만이 능사가 아니다. 분노할 때는 분노하고 슬퍼할 때는 슬퍼하고 근심할 때는 근심하라. 그러나 절대로 오래 간직히고 있지는 말라.

슬픔, 분노, 고민, 우울, 증오 따위는 가슴에 오래 간직하면 난치병으로 전환된다. 하지만 책을 많이 읽으면 그것들은 치유된다. 그런데 현대인은 책을 탐독하는 시간보다 술을 폭음하는 시간이 훨씬 많다. 그러니 인생이 건강해질 까닭이 없다.

물은 추우면 얼고 따뜻하면 녹는다. 사람의 마음 또한 그렇다.

모든 노래가 그대에게 다 있다.

이별 속에는 언제나 적당한 슬픔

"걱정하지 마십시오, 언제나 제가 당신을 수호해 드리겠습니다"라고 호언장담했던 족속들은 왜 내가 어려움을 당할 때는 빌어먹을, 언제나 곁에 없는지 모르겠다.

세상에는 자신의 비굴함을 착함으로 위장하는 사람들이 많다. 이런 사람들은 대개 어떤 문제를 해결하기 위해 발벗고 나서지는 않고 말로만 착한 척을 도맡아서 한다. 하지만 착한 척하는 것은 차라리 노골적으로 나쁜 척하는 것만 못할 때가 많다.

측근임을 자처하면서 내게 도움은 되지 못하고 방해만 되는 넘들이 있다. 아무리 인연을 끊고 싶어도 생고무 인연처럼 질기다. 어쩌랴, 전생에 내가 신세를 많이 진 넘들이라면 이렇게라도 갚아야지.

해묵은 것들과의 이별 속에는 언제나 적당한 슬픔이 내재되어 있는 법이다. 그것이 비록 악인과의 이별이라 하더라도.

말년에 우리는 인간으로 진화할지도 모른다

모름지기 인간이라면 인간다움을 잃지 말고 살아야 한다. 하지만 그렇게 살기 위해서는 많은 유혹을 물리쳐야 하고, 많은 시련을 감내해야 한다. 그래서 머리공부보다는 마음공부가 중요한 것이다.

이제는 가정에서도 정신보다 물질이 중요하다고 가르치는 추세고 학교에서도 정신보다 물질이 중요하다고 가르치는 추세다. 인간에게 진실로 가치 있는 것이 무엇인가를 인지하는 젊은이들이 점차로 줄어들고 있다. 세상이 동물의 왕국으로 변하는 것은 당연지사다.

늙은 침팬지가 젊은 침팬지의 손금을 봐주면서 근심스럽게 말한다. 최악의 손금이야. 말년에 너는 인간으로 진화할지도 몰라.

생명수를 암 덩어리로 보기도 하지

외모를 중시하는 시대다. 뚝배기보다 장맛이라는 속담은 뒷전으로 밀리고 보기 좋은 떡이 먹기도 좋다는 속담이 인정을 받는 시대다. 그러나 자칫 속 빈 강정에 속을 때도 있다. 물론 가장 중요한 것은 겉과 속을 다 볼 줄 아는 안목이겠다.

겉에 드러나 있는 의류나 장신구로 자신의 가치를 대신하는 사람이 있고 속에 감추어져 있는 철학이나 성품으로 자신의 가치를 대신하는 사람이 있다. 전자는 돈으로 얼마든지 성취할 수가 있지만 후자는 절대 돈으로 성취할 수가 없다.

가끔 사람들은 내용보다는 포장을 중시하는 성향이 있다. 그래서 포장이 벗겨진 다음에는 속았다고 크게 격분하기도 한다. 하지만 그는 어쩌면 자신에게 속았는지도 모른다.

인생을 살다 보면 암 덩어리 같은 인연을 만나기도 하고 생명수 같은 인연을 만나기도 한다. 그런데 혜안이 없으면 암 덩어리를 생명수로 보기도 하고 생명수를 암 덩어리로 보기도 한다. 혜안은 머리공부보다는 마음공부에 의해서 얻어지는 것이다.

그대가 꽃피었습니다. 비로소 봄입니다.

맛없는 개살구가
맛있는 참살구보다 먼저 익는다

타고난 재능이 아무것도 없다고 한탄하지 말라. 타고난 재능이 없는 분들은 하나님께서 누구보다 겸손하고 선량한 성품을 주시어 많은 이들의 귀감이 되도록 배려하신 경우가 많다. 때로 보이는 것보다 안 보이는 것이 더 큰 가치를 지니고 있는 법이다.

개구리도 뛰기 전에는 일단 웅크린다. 잠시 웅크리고 있는 순간을 한탄하지 말자. 멀리 뛰기 위해서라고 생각하자. 그리고 뛸 때는 최선을 다하는 모습을 보여주자. 쥐구멍에도 볕 들 날이 있고 굼벵이에게도 하늘을 나는 날이 온다.

맛없는 개살구가 맛있는 참살구보다 먼저 익는다. 그래서 얇고 가벼운 사람이 일찍 성공해서 잘난 척할 때 개살구가 지레 터진다는 속담을 쓴다. 자신이 참살구라면 전혀 부러워할 이유가 없다는 뜻이다.

식물은 뿌리가 쓰든 달든 그 꽃은 아름답다. 그대의 인생도 그랬으면 좋겠다. 지나간 날들이 쓰든 달든 그 열매만은 향기롭기를 빈다.

인생 공부와 계단 오르기

비록 깨달음을 얻은 도인이라 하더라도 산꼭대기에 가부좌를 틀고 앉아 큰기침이나 연발하고 있으면 시정잡배보다 나을 것이 없다. 출발했던 그 자리로 돌아와 더불어 살지 못하면 문자 그대로 십 년 공부가 도로아미타불이다.

행여 그대가 안다고 하더라도 아무 데서나 그것을 자랑삼지 말라. 더러 깨달은 이가 곁에서 그대 대신 부끄러움에 먼 산을 쳐다볼지도 모른다. 본디 인간의 목숨이 유한하거늘 어찌 저 우주의 무한을 가늠하겠는가.

인생 공부는 사다리 오르기나 계단 오르기와 같다. 평생 해야 하는 공부이니까 서두르거나 욕심을 내면 손해다. 한꺼번에 두세 칸씩 뛰어오르면 반드시 탈이 난다. 어느 날 사방이 다 보이면 정상이다. 그때는 필히 하산해야 한다.

아는 것이 많다고 깨달음에 가까워지는 것은 아니다.

희망은 자신이 만들어 가지는 것

남들이 '너는 안될 거야'라고 말하는 것도 재수 옴 붙는 일인데 스스로 '나는 안될 거야'라고 말하는 것은 될 일도 안 되도록 주문을 외는 것이나 다름없다. 가장 위대한 당신의 응원군은 바로 당신 자신이다.

미래가 현재보다 나으리라는 희망이 없다면 도대체 무엇을 위해 열심히 일해야 하나. 단지 그날그날 먹고 살기 위해 일해야 하는 인생은 노예의 인생과 다름이 없다. 그리고 희망은 남에게 얻는 것이 아니라 자신이 만들어 가지는 것이다.

인생역전의 비결은 오직 하나, 비록 암울해도 끝까지 버티기.

젊은이여. 절대로 인생을 포기하지 말라. 모든 인생에는 역전의 드라마가 준비되어 있다. 그 멋지고 통쾌한 드라마의 주인공 역할을 팽개쳐버리고 천국에 간다 해도 당신은 분명 문전박대를 당할 것이다. 힘겨워도 버티자. 통쾌하게 역전하는 그날까지.

그대의 잠재력을 가늠할 수 있겠는가

영리한 고양이 밤눈이 어둡다는 말이 있다. 아무리 똑똑한 척하는 놈이라도 한 가지 약점 정도는 지니고 있다. 어수룩한 강아지 밤눈이 밝을 수도 있다. 쫄지 말라. 알고 보면 당신도 한 가지 장점 정도는 지니고 있다. 힘내시라, 파이팅!

잡초인 줄 알았던 식물들이 알고 보니 모두 약초였다. 세속의 짧은 식견으로 어찌 그대의 잠재력을 가늠할 수 있겠는가. 비록 지금은 잡초 취급을 받더라도 약초로 인정받는 그날까지 존버.

다크호스는 실력은 알 수 없으나 뜻밖의 결과를 낼지도 모를 경주마나, 어떤 경쟁에서 역량은 알 수 없으나 뜻밖의 변수로 작용할 수 있는, 유력한 상대를 뜻하는 말이다. 그러니까 아직 세상에 알려지지 않은 그대는 다크호스. 빛을 발할 그날까지 파이팅.

3장

당신이 멈추면 시간도 멈춘다

그대는 그대처럼 사랑하고 나는 나처럼 사랑하고.

잠재된 재능과 집념과 사랑이 있으신가

오타쿠는 만화나 애니메이션 등 한 분야에 마니아 이상으로 심취한 사람들을 일컫는 말이다. 폐쇄적인 성향을 가지고 있기는 하지만 사회에 악영향을 끼치지는 않는다. 그리고 심취와 사랑이 죄가 될 수는 없다. 그런데 왜 나쁘게 생각하는가.

흔히 오타쿠를 사회 부적응자로 알고 있는 사람들이 많다. 그러나 현실적으로는 사회가 그들의 뛰어난 재능과 개성과 지조와 사랑을 수용할 역량을 못 갖추고 있을 뿐이다. 그들 속에도 분명히 눈부신 보석은 존재한다.

잠재된 재능과 집념과 개성과 열정과 사랑이 없으면 아직 오타쿠는 아니다. 보편에 머물러 무위도식하면서 만화나 오락에 빠져 있다고 다 오타쿠는 아니다. 아무한테나 욕지거리를 남발하고 닥치는 대로 비속어나 비아냥을 남발하는 것도 마찬가지다.

어떤 일에 모든 시간과 영혼을 다 바치는 것이 죄가 될 수는 없다. 빠져서 행복할 수만 있다면 말리는 쪽이 오히려 죄가 된다.

흔들리지 않는 것은 사랑이 아니다.

박수 쳐야 하나

구더기 무서워 장 못 담그느냐는 속담이 있다. 구더기가 생기면 구더기를 잡아내면 그만이다. 그런데 아예 장 담그기를 금지시키자는 정책 따위를 발의하는 분들. 그럼 이제 장은 못 먹는 거냐고 물으면 수입하자고 대답한다. 박수 쳐야 하나.

도둑놈이 두루마기를 걸쳐도 개는 알아보고 짖는다. 겉모양으로 아무리 남을 속이려 해도 근본은 드러난다는 뜻이다. 그런데 요즘은 근본이 드러나도 알아보는 사람이 없다. 개들도 침묵을 지킨다. 고양이도 쥐를 잡지 않는다. 태평성대일까.

지는 꽃만 보고 돌아서는 모습에 목이 메었다. 정작 보여주고 싶었던 것은 늦가을 꽃 진 그 자리마다 영그는 핏빛 열매들.

마음 추스르기

어제와 오늘, 감성마을에는 이상하게도 꽃들이 한꺼번에 피었다. 진달래. 산벚꽃. 할미꽃. 민들레. 명자꽃. 조팝나무꽃들이 시차도 없이 한꺼번에 피어서 먼저 간 영혼들을 위로하고 추모한다. 자연조차도 모르는 척할 수가 없는 모양이다.

며칠 동안 무거운 죄책감에서 벗어날 수가 없었다. 아무것도 손에 잡히지 않았다. 이래서는 안 된다고, 정신을 차려야 한다고, 마음을 다잡아보지만 소용이 없다. 쉽게 아물 상처는 아니겠지. 참담하고 부끄럽고 막막하다.

지난밤에는 추적추적 시린 비가 내리더니 오늘은 유난히 거센 바람이 불고 있다. 봄 날씨답지 않게 춥기까지 하다. 자연도 사람도 평안치 않은 것 같다. 쉽게 잊힐 일도 아니고 쉽게 잊지도 말아야겠다. 하지만 마음만은 잘 추슬러야 하겠다.

밤이 깊었다. 세찬 바람소리가 들린다. 겨울도 아닌데 늑골이 시리다.

사랑은 약속하지 않아도 마냥 기다리는 것.

푸헐

십 년 과부로 기다리다 하필이면 고자 서방을 얻는다는 말이 있다. 오래 공들인 일도 재수가 따라주지 않으면 아무짝에도 쓸모가 없다는 뜻이다. 하는 일마다 안 풀릴 때가 있다. 많이 베푸는 것이 비책이다. 베풀다 보면 매사가 저절로 풀린다.

맞기 싫은 매를 맞아줄 수는 있어도 먹기 싫은 음식을 먹어줄 수는 없다. 그런데 먹기 싫은 음식을 먹는 일보다 더 끔찍한 일은 보기 싫은 사람을 늘 보면서 살아야 하는 일이다. 이런 상황에서 사는 분들, 푸헐, 지금 도 닦고 있는 거다.

음식 싫은 건 개나 주지만 사람 싫은 건 개도 못 준다. 하지만 피치 못할 이유로 날마다 얼굴을 대면해야 할 때는 참 고역이다. 그럴 때는, 저분이 내 인내심을 길러주시기 위해 부처님이나 예수님이 보내주신 스승이다, 라고 생각하라. 존버.

내가 알기로는 백약이 무효이고 오직 세월만이 약이다.

상식이는 도대체 어디 갔을까

말미잘은 바다에서 사는 강장동물이고 다람쥐는 산에서 사는 포유동물이다. 상식이다. 하지만 요즘은 상식이 실종되었다. 바다에서 다람쥐를 낚았다는 사람들도 있고 산에서 말미잘을 캤다는 사람들도 있다. 물론 믿는 사람들도 있다.

꾀꼬리는 꾀꼬리의 목청으로 울고 뻐꾸기는 뻐꾸기의 목청으로 운다. 그런데 개구리가 무릇 새라면 어떤 식으로 울어야 되는 법이라고 괴발개발 써갈기는 일은 얼마나 어리석고 공허한 일인가.

억지가 사촌보다 낫다는 말이 있다. 남에게 의존하기보다는 억지를 써서라도 자기 힘으로 해결하는 편이 낫다는 뜻인데 인터넷을 떠돌다 보면 이 말을 무슨 복음처럼 신봉하는 사람들을 만나기도 한다. 억지가 먹히는 시대, 정상은 아니다.

미꾸라지국 먹고 용트림한다

서로 감싸고 위로하고 눈물을 닦아주어도 영혼이 허기진 세상. 왜 당신은 익명의 방패 뒤에 숨어서 남을 비방하고 모욕하고 폄훼하는 짓거리를 일과처럼 수행하고 있는가. 밑천 없는 허세와 절어 붙은 열등감. 그것으로는 평생 꼬리칸을 벗어날 수가 없다.

미꾸라지국 먹고 용트림한다는 말이 있다. 아무 재간도 없는 놈이 큰 인물인 척 허세를 부릴 때 쓴다. 한두 번 그러면 애교로 봐줄 수도 있지만 볼 때마다 그러면 꼴불견. 하지만 그놈의 허영이라는 외투를 무덤까지 입고 가는 사람들도 많다.

인간사회의 참다운 영웅은 자만심 없이 자신의 존재를 대중 속에 파묻고 있는 자다. 《크리스천사이언스모니터》에서 빌려온 말이다. 영웅과 허세는 절대로 같은 자리에 공존할 수 없다. 허세는 단지 영웅이 되고 싶은 졸개의 속임수에 불과하다.

사랑은 접근 금지 표지판을 무시하는 것.

2013

기분 안 좋을 때 마시는 술

우리 속담에 술과 매에는 장사가 없다는 말이 있다. 매를 많이 맞아서 살아남을 사람이 없고 술을 많이 마셔서 몸이 성할 사람이 없다. 지난밤 과음으로 속이 쓰려서 미칠 지경인데도 미안해서 술국 좀 끓여 달라는 말도 못한 채 뒤척이고 있다.

마누라 얘기를 들어보니 지난밤 술에 대취해서 있는 대로 난동을 부렸나 보다. 욕설에 발버둥에 가관이었다는 거다. 필름이 끊어져서 하나도 기억나지 않는다. 왜 술만 마시면 개가 되는지, 큰일이다. 또 술을 끊어야 할 때가 온 모양이다.

기분 안 좋을 때 마시는 술은 자학이다. 마누라가 끓여주는 연포탕을 한 사발 들이켰더니 속이 좀 풀리기는 하는데 정상을 회복하려면 사나흘은 걸릴 듯하다. 핑계 김에 두문불출, 빗소리를 들으면서 빈둥거리고 있다.

정상이 천대를 받는 세상

재난의 원인과 진실을 제대로 파헤치지 못하거나 보도하지 못하는 언론, 허위보도를 일삼거나 받아쓰기에 익숙해진 언론은 그 자체가 국가와 국민을 암흑 속으로 몰고 가는 해악이요 재앙이다.

안방에 가면 시어머니 말이 옳고 부엌에 가면 며느리 말이 옳다고 한다. 그러니 양쪽 말을 다 들어보아야 누가 옳은지 안다는 얘기겠다. 그런데 요즘은 안방에도 부엌에도 귀 기울여본 적 없이 마당에서 제멋대로 기사 창작하는 언론들도 있다. 뷁.

이랬다 저랬다, 도대체 믿을 수가 없다. 제기럴.

우리의 자녀들이, 인간으로 태어나 인간답게 살도록 만들기 위해서는, 비정상이 정상의 자리에서 대접을 받고 정상이 비정상의 자리에서 천대를 받는 세상을 만들지는 말아야겠다. 그러기 위해서는, 어떤 일이 있더라도 언론이 침몰해서는 안 된다.

언론이 죽으면 나라도 죽는다. 언론이 살면 나라도 산다.

적어도 오늘날의 한국에서는

정치가들은 선거 때만 되면 마음을 비운다는 말이나 초심으로 돌아간다는 말을 비상카드처럼 꺼내 든다. 마치 산속에서 도라도 닦다가 나온 사람들 같다. 하지만 내가 누차 겪어봐서 잘 안다. 그분들은 또 유사시에는 기억상실증에 걸릴 거다. 온 국민을 부끄럽게 만드는 재미로 정치하나.

정치인이라고 반드시 인간이 되어야 할 필요는 없다. 적어도 오늘날의 한국에서는.

민주주의 국가에서는 어떤 계층도 국민 위에 군림할 수 없다. 그러나 대한민국 역사를 통틀어, 국민의 국민에 의한 국민을 위한 정치를 하려고 노력했던 집권자가 과연 몇 명이나 될까. 임기 말년까지 부정부패로 찌들어 있는 정부가 우리를 슬프게 한다.

그대 이름 한 번씩 부를 때마다 들판에는 꽃들이 피어나고.

기지개 한번 늘어지게 쭉!

낚시질은 하고 싶은데 물에도 가기 싫고 사냥질은 하고 싶은데 산에도 가기 싫다. 그러면서도 붕어찜이 당기고 사슴 고기가 당긴다. 이런 분들은 성공만 하고 싶지 노력은 하기 싫다. 그러다 보면 어느새 늙어 가족들한테 짐짝 취급받기 십상이다.

쥐 잡는 데는 천리마가 고양이만 못하다는 말이 있다. 무엇이든 쓰임새가 따로 있다는 말이다. 주변을 둘러보면 허세무쌍, 큰소리 뻥뻥 치는 놈들 너무 많다. 하지만 열등감은 멀리멀리 걷어차버리고, 기지개 한번 늘어지게 쭉 펴보시라.

나도 세파에 시달리는 시정잡배에 불과하다. 약하다. 하지만 갈대는 바람에 흔들리기는 해도 뿌리째 뽑히지는 않는다. 견디면 언젠가는 좋은 날이 오겠지.

당신이 멈추면 시간도 멈춘다

하루는 당신의 것이지만 한 번도 착한 일을 행하지 않았다면 완성된 하루가 아니다.

철들자 망령이라는 말이 있다. 인생은 그리 길지 않은 것, 우물쭈물하다 보면 순식간에 황혼이 찾아온다. 요즘은 철들기 전에 망령이 먼저 든 젊은이들도 많다. 젊어서는 리어카처럼 기어가던 시간이 늙어서는 스포츠카처럼 내달린다.

단 하루도 어제와 똑같은 날은 없었다. 다만, 내가 똑같은 일상을 반복하고 살았을 뿐.

당신은 시간을 조정할 수 없다고 생각하겠지만, 당신이 흐르면 시간도 흐르고, 당신이 멈추면 시간도 멈춘다. 시간의 주인은 바로 당신이다. 그런데 지금 당신은 왜 시간의 노예처럼 살고 있는가.

초심은 천진이요 동심이다

무엇인가를 열심히 하면서 조금씩 실력이 늘게 되고 조금씩 실력이 늘면서 조금씩 욕심도 많아진다. 그리고 조금씩 욕심이 많아지면서 조금씩 초심도 사라진다. 초심은 천진이요 동심이다. 여기서 너무 멀리 떠나면 인간미를 상실하게 된다.

게으른 사람은 손 하나 까딱하지 않고 포부만 키우다 죽는다. 『구약성서』 「잠언」에 나오는 말씀이다. 요즘은 손 하나 까딱하지 않고 자기 욕심만 채우고 안 죽는 넘들도 많다. 욕심이 잉태되면 죄를 낳고 죄가 자라면 죽음을 가져온다는 말이 안 맞는 시대.

군주는 욕심이 없을 때 자신의 손바닥을 들여다보는 것처럼 수월하게 나라를 통치할 수 있다, 중국 속담이다.

벼슬이 높을수록 욕심은 낮추라는 옛말이 있다. 하지만 현실적으로는 벼슬이 높을수록 욕심도 높아지는 사람들이 많다. 어른의 말을 들으면 자다가도 떡이 생긴다고 했는데 제기럴, 자기들이 어른인 줄 아는지 옛말 따위는 개무시해 버린다. 쿨럭.

가시가 있어도 굳게 끌어안고 싶어요.

2013 EWM

당신이 강력하게 부정한다 하더라도

지구야. 사람들은 가끔 역사를 거꾸로 흐르게 만들기도 하는데 너는 올해도 제대로 돌아주어서 고맙다. 해야, 달아, 그리고 별들아. 사람들은 가끔 미간을 찌푸리고 살아가기도 하는데 니들은 뜰 때마다 빙그레 웃어주어서 고맙다. 모두들 메리 크리스마스.

먼 길을 떠날 때는 짐이 가벼울수록 좋다. 명상을 통해 우주를 한 바퀴 돌아보려면 티끌 같은 잡념도 태산 같은 짐이 된다. 우리가 빈손으로 와서 빈손으로 가는 이유도 거기에 있다.

우주는 당신 것이다. 그러나 당신이 매사에 쪼잔함을 벗어나지 못한다면, 남들은 절대로 그 사실을 믿지 않을 것이다. 하지만 남들이 믿든 믿지 않든 우주는 당신 것이다. 심지어는 당신이 그 사실을 강력하게 부정한다 하더라도.

밤새도록 나를 낚고 우주를 낚았으니 이제 더 이상 무엇을 낚으랴.

남에게 덕을 베풀며 사는 것

나폴레옹은 성공이야말로 이 세상 최고의 웅변이라고 말했다. 성공 그 자체만으로도 감화와 설득이 가능하기 때문이다. 그러나 성공에 의해서 자기만 행복해진다면 그것은 완전한 성공이 아니다. 남까지 행복해질 수 있어야만 완전한 성공이다.

돈 위에 있으면 사람이고 돈 밑에 있으면 사람 아닌가.

열심히 살아가는 사람 곁에서 도움을 주는 사람으로 존재하지는 못하더라도 방해가 되는 사람으로 존재하지는 말아야겠다. 젊었을 때는 가끔 겸손한 마음으로 자신의 모습과 인생을 디자인해 볼 필요가 있다.

한 음절의 그대 귓속말로 보라색 제비꽃이 피어난다.

2016 EHHL

대한민국의 교육은

때로 자녀에 대한 지나친 사랑이 미움보다 더한 독이 된다는 사실을 망각했기 때문일까. 자녀의 숙제를 대신해 주는 부모들이 많다고 한다. 어떤 경우에는 인터넷이 숙제를 대신해 주기도 한다. 어쩌면 문명의 발달로 인간은 점차 무력해지고 있는지도 모른다. 달 탐사를 떠나는 중에 인간이 불필요하다는 이유로 컴퓨터가 차례차례 인간을 살해하는 A. C. 클라크의 『서기 2001년 오디세이』가 생각난다. 머지않아 현실화할지도 모른다.

그대의 자녀들은 인조인간 로봇 마징가제트가 아니다.

청소년들에게는 문제집 50페이지를 풀게 하는 일보다 꽃모종 5포기를 가꾸어보게 하는 일이 훨씬 인격형성에 도움을 준다. 애들이 척박 살벌해졌다고 엄살 쓰지 말자. 이미 오래전에 예상하고 있었던 결과 아닌가.

비누도 거품이 잘 나는 비누가 있고 거품이 잘 안 나는 비누가 있다. 거품이 잘 안 나는 비누는 때가 잘 안 빠진다. 대한민국의 교육은 거품은 많은데 때는 잘 안 빠지는 비누 같다. 인성보다는 성적을 중시하는 교육은 때가 잘 안 빠지는 비누가 피부를 거칠게 만들듯 결국 사회를 척박하게 만들 뿐이다.

도대체 진짜 인생은 언제 살 작정인가

장래 희망이 프로게이머거나 현재 직업이 프로게이머라면 몰라도, 게임에 거의 모든 시간을 투자하고 산다면 도대체 진짜 인생은 언제 살 작정인가. 게임에서 남을 이기는 능력보다 현실에서 자기를 이기는 능력을 기르는 편이 훨씬 행복하지 않을까.

청소년들의 게임, 흡연, 폭력, 왕따 등은 오랫동안 심각한 문젯거리로 인식되고 있다. 하지만 억제방안만 있고 대체방안이 없는 정책들은 현실적으로 스트레스를 증폭시켜 더 큰 사회문제를 야기시킨다. 전문가들의 깊은 연구와 배려가 필요하다.

내 둘째 아들은 게임 마니아다. 두 달 전까지만 하더라도 피파 국내 1위를 고수하고 있었다. 하지만 자제할 줄도 안다. 어른들이 청소년들의 현실적 고충을 이해하지 못하기 때문에 자제를 유도하는 방법을 도출하지 못하는 것은 아닐까.

자신의 발등을 찍겠는가

자판을 두드릴 때마다 복사꽃이 흩날리는 사람이 있는가 하면 자판을 두드릴 때마다 쐐기풀이 돋아나는 사람도 있다. 그런데 자판을 두드릴 때마다 쓰레기가 흩날리는 분들은 어찌해야 할까.

인터넷을 떠돌다 보면, 세상에서 가장 쉬운 일을 남 헐뜯기로 생각하고 세상에서 가장 어려운 일을 자기 가슴 들여다보기로 생각하시는 분들이 너무 많다는 사실을 절감하게 된다. 이런 분들일수록 대개 정체성 하나는 짱이다. 물론 그래도 아침은 온다.

열등감을 가지고 있다는 사실은 절대로 부끄러움이 될 수 없다. 그러나 자신의 열등감을 감추기 위해 타인을 맹렬히 비난하는 사람들이 있다. 그런 사람들은 자신의 도끼로 자신의 발등을 찍으면서 으스대는 사람과 다름이 없다.

너와 같은 빛깔로 물드는 사랑법.

상식과 예의 속에는
타인에 대한 배려가 내포되어 있다

옛사람들이 가루는 칠수록 고와지고 말은 할수록 거칠어진다는 속담을 남겼다. 흔히 말다툼이 주먹 다툼이 되고 주먹 다툼이 법정 다툼이 되곤 한다. 하지만 마음이 고운 사람이 말을 거칠게 할 리가 없으니 무엇보다 마음을 다듬는 일이 중요하다.

자기가 모난 성격을 가졌다는 사실을 알면서도 고치지 않는 사람들이 있다. 이런 분들은 대개 대인관계도 원만하지 못하다. 하지만 모든 행운은 사람을 타고 떠돈다. 그래서 성격 하나만 고쳐도 인생이 확연히 달라진다.

누군가에게 가위나 칼 따위를 건넬 때 자루가 자기 쪽을 향하게 하고 날이 상대편을 향하게 하는 사람이라면 배려 따위를 기대하지 말라.

남에게 칼이나 가위 같은 도구를 건넬 때는 자루 쪽을 상대편 쪽으로 향하게 하는 것이 상식이고 예의다. 상식과 예의 속에는 타인에 대한 배려가 내포되어 있다. 내 생각만 하면서 사는 사람보다 남생각도 하면서 사는 사람이 아름다운 사람이다.

슬픔이 많은 동토에 언제쯤 봄이 올까

밥 한 알이 열 귀신을 쫓는다는 말이 있다. 북한의 고위층들에게 들려주고 싶은 말이다. 어떤 경우에라도, 자기 백성 배곯는 줄 모르는 지도자라면 자격미달일 수밖에 없다. 평화도 일단 배가 불러야 평화다.

북한은 뻑 하면 서울을 날려버리겠다는 협박을 일삼는다. 저의가 무엇일까. 협박을 들을 때마다 나는 생각한다. 니들은 아직도 우리 군대가 새총이나 목검 따위를 들고 전쟁하는 줄 아냐. 제발 불쌍한 자기들 백성이나 잘 보살폈으면 좋겠다.

나는 북한을 싫어한다. 자기 백성을 굶어 죽게 만드는 정치가. 오로지 집권유지를 위해 인간의 기본 권리까지 말살하는 체제와 세습을 혐오한다. 아직도 바람 찬 흥남 부두. 웃음보다는 눈물이, 기쁨보다는 슬픔이 많은 동토. 거기에는 언제쯤 봄이 올까.

사랑은 말라비틀어져도 은총이다.

반성하지 않으면 개선되지 않고
개선되지 않으면 결국 재앙은 반복된다

볼테르는 『철학사전』에서 법률에만 철저하게 복종하는 정치가 최상의 정치라고 말했다. 반대로 정치에만 철저하게 복종하는 법률은 최악의 법률이 되겠다. 대한민국은 민주공화국이다. 대한민국의 주권은 국민에게 있고 모든 권력은 국민으로부터 나온다.

오냐, 도적질은 내가 하마 오라는 네가 져라. 이몽룡이 변학도에게 던지는 방백이다. 시쳇말로 너 이제 엿 좀 먹어봐라, 정도로 해석하면 되겠다. 그런데 이 시대의 암행어사는 언제쯤 출동할까. 춘향이 성폭행당해서 자결한 다음에야 나타날까.

예전에는 무전유죄 유전무죄라는 말이 떠돌더니 요즘은 무증유죄 유증무죄라는 말이 세상을 떠돈다. 도대체 무슨 말을 하겠는가. 세상이 지랄 같아도 그냥 가만히 있겠다.

시간을 의식하지 않으면

여기는 파로호. 밤낚시 중이다. 초저녁부터 피라미들 극성에 시달리고 있다.

돈만 생각하면서 살 수는 없다. 글만 생각하면서 살 수도 없다. 가끔은 야생화도 돌보고 가끔은 산천어도 돌보면서 산다. 때로는 그림도 그리고 때로는 노래도 부른다. 시간이 나를 묶고 있는 것이 아니라 내가 시간을 묶고 있다.

사람들은 내게 묻는다. 언제 주무시나요. 나는 대답한다. 시간의 옆구리에 붙어서 잡니다. 그런데 이 말의 뜻을 아는 분들이 드물다. 시간이 그대의 주인이 아니라 그대가 시간의 주인이다. 일체유심조(一切唯心造). 시간을 의식하지 않으면 시간이 희석된다.

내가 잠에서 깨어나는 시간이 아침이다. 12시에 깨어나면 12시가 아침이고 4시에 깨어나면 4시가 아침이다. 밥은 하루 한 끼만 먹는다. 내가 밥을 먹는 시간이 저녁이다. 나는 오래전부터 시간을 방목하고 있다. 내 시간은 숲처럼 무성하다.

시도 때도 없이

비정상적인 인간으로 간주해도 무방한 인간들—미안하다, 잘못했다, 감사하다, 라고 말해야 할 상황을 모두 당연하다고 생각하는 인간들.

아무리 절세미인이라 하더라도 성격이나 행실이 바르지 못하면 자기를 사랑하는 사람에게조차 혐오감만을 남기는 결과를 초래하게 된다.

자기가 한 일은 언제나 정당하다고 생각하는 사람들이 있다. 잘못이 생겨도 모두 남의 탓으로만 돌린다. 이런 사람들은 남의 가슴에 평생토록 지워지지 않을 상처를 남기고도 미안해하거나 죄스러워하지 않는다. 사랑받을 자격이 부족한 사람들이다.

한 번의 실수는 얼마든지 용서하거나 이해할 수 있다. 그러나 실수를 저지르고도 반성하지 않거나 사과하지 않는 뻔뻔스러움. 쉽게 이해할 수도 없으며 쉽게 용서할 수도 없다. 아무나 시도 때도 없이 예수님 경지에 이를 수는 없잖는가.

부패와 발효

나는 깡촌 출신에 열등감 많은 청소년기를 보냈다. 몇 번이나 자살을 시도한 적도 있다. 그런데 지금은 죽지 않기를 잘했다고 생각한다. 실패가 고통스럽기는 하더라도 죽지는 말자는 뜻이다. 살아 있는 한 누구에게나 기회는 오기 마련이다.

욕망은 인간을 부패시키고 인고는 인간을 발효시킨다.

황차는 녹차를 발효시켜 만든 차다. 발효도에 따라 빛깔이 달라서, 30퍼센트 발효시키면 청차, 70퍼센트 발효시키면 황차, 100퍼센트 발효시키면 홍차가 된다. 발효도가 높아질수록 몸을 따뜻하게 만들어주는 특성을 가지고 있다. 그대와 차나 한 잔.

인내의 끝에 반드시 성공이라는 놈이 잠복해 있는 것은 아니다. 그러나 끝까지 희망을 가지시라. 실패의 끝에 반드시 절망이라는 놈이 잠복해 있는 것도 아니다. 그러니 끝까지 인내하시라. 행복이라는 놈이 그대에게 통째로 생포되는 그날까지.

굳이 입을 열어 말하지 않아도
그 뜻을 헤아려 간직하기.

2013

어떤 일을 도모할 때는

소를 잡는 칼로 닭을 잡을 수는 있지만 닭을 잡는 칼로 소를 잡을 수는 없다. 이쑤시개로 어찌 곤장을 때릴 수가 있겠으며 곤장으로 어찌 이를 쑤실 수가 있겠는가. 어떤 일을 도모할 때는 반드시 그에 걸맞은 도구부터 갖추고 볼 일이다.

번개탄 규제는 도구나 방법을 바꾸는 일에는 일조해도 근본 대책이 될 수는 없다. 모두가 자살하고 싶지 않은 세상을 만드는 일에 주력해야 한다. 그러지 않는 한 자살자는 속출할 수밖에 없다. 먼저 인생관 가치관 행복관부터 수정해야 한다.

밤이 다하지 않았는데 닭이 운다고 새벽이 오겠는가.

나한테 볼일 있냐

잠에서 깨어나니 바람이 난폭해져 있다. 일본으로 지나간다는 태풍의 영향 때문인 것 같다. 나무들이 심하게 멀미를 앓고 있다.

태풍의 첨병들이 화천 감성마을 이외수 집필실까지 와서 창문을 흔들고 있다. 내가 물었다. 나한테 볼일 있냐. 첨병 중의 하나가 대답했다. 창틀 튼튼한가 한번 흔들어본 검다. 창틀 허술하면 부숴버리겠다는 말로 들린다. 대비에 만전을.

한밤중, 바람의 망령들이 집필실 창문을 난폭하게 흔들어대고 있다. 아직 감성마을은 함락되지 않은 상태다. 단지 오늘밤에도 일찍 잠들기는 틀린 것 같다.

『채근담』에, 거센 비바람과 요란한 천둥벼락은 새들과 짐승들도 불안해하고 맑은 하늘과 눈부신 햇살은 풀이나 나무들도 반긴다는 말이 있다. 가정에도 회사에도 적용되는 말이다. 스스로 맑은 하늘과 눈부신 햇살이 되거나 그것을 불러들이는 존재가 되자.

라면 한 그릇 정도의 감동

내 생일은 추석이다. 결혼을 하기 전에는 생일만 되면 굶었다. 가게들이 모두 문을 닫아서 돈이 있어도 사 먹을 수가 없었다. 친인척 다 모여 즐기고 있는 남의 집에 가서 밥을 얻어먹을 수도 없었다. 그런데 지금은 생일밥 제삿밥 다 먹는다. 추석 만세!

나는 춘천교대를 7년 다니면서 졸업사진을 4번이나 찍었다. 해마다 졸업예정자 명단에는 이름이 올라 있었기 때문이다. 아, 배고픈 기억만 남아 있는 내 청춘, 눈물이 난다.

배고프던 시절, 저렴한 가격에 맛까지도 기막힌 라면을 발명한 사람에게 경배하고 싶다는 생각을 했었다. 적어도 내가 쓰는 글들이 허기진 영혼으로 세상을 살아가는 독자들에게 라면 한 그릇 정도의 감동이라도 줄 수 있다면 나는 만족하겠다.

도대체 무슨 재미로

이외수를 잘 안다고 자부하는 사람들일수록 자기가 만든 이외수를 진짜 이외수라고 굳게 믿는다. 그래서 실재의 이외수가 자신이 간직하고 있는 이외수와 조금이라도 다른 모습을 보여주면 대번에 안티로 돌아서버린다. 이외수가 자기를 배반했다는 것이다.

잠수부가 사시사철 수중에서만 사는가.

내가 도인도 아닌데, 생로병사 희로애락, 초월하려고 애쓸 필요가 있겠는가. 내게로 오는 북풍한설, 내게로 오는 천둥벼락, 다 내 몫이려니 생각하고, 때로는 발끈, 때로는 껄껄거리면서 산다. 인생이 단순하면 도대체 무슨 재미로 살겠는가.

이 세상 모든 풀들은 바다를 향해 흔들린다.

굳이 경쟁할 이유가 없지 않을까

결혼한 친구는 반만 친구다. 스웨덴 속담이다. 한국에서도 공감하는 사람 많을 것 같다. 그래도 진짜 친구라면 다 이해할 수 있다. 그것 때문에 우정이 끊어질 염려는 없다는 이야기다.

말로는 하나밖에 없는 친구라고 떠벌리면서도 내 지갑에 돈 떨어지면 그놈도 떨어져 나가고 내 지갑에 돈 붙으면 그놈도 붙는다면 절대로 진정한 친구는 아니다. 진정한 빈대지. 그런데 마누라 눈치 보면서도 끝까지 인연 못 끊는 사람 많다.

같은 교실에서 동문수학한 친구조차 반드시 이겨야 하는 경쟁상대로 인식하게 만드는 선생님이나 부모님은 이제 가치관을 수정했으면 좋겠다. 세상이 각박할수록 자살충동도 빈번해진다. 각자의 감성이나 개성을 중시한다면 굳이 경쟁할 이유가 없지 않을까.

진리는 아름답고 아름다움은 사랑을 생성한다

어느 간이화장실. 문에 붙어 있는 손잡이를 한사코 잡아당겼는데 열리지 않았다. 당황했다. 문득 안에 누군가 실신해 있는지도 모른다는 생각을 했다. 경찰에 신고를 해야 하나 말아야 하나 걱정하다가 슬그머니 밀었더니 열렸다. 제기럴.

문비(門裨)를 거꾸로 붙이고 환쟁이만 나무란다는 말이 있다. 문비는 정월 초하룻날 악귀를 쫓기 위해 대문에 붙이는 그림이다. 무식한 사람일수록 남 탓을 많이 한다는 뜻도 내포되어 있다. 문비를 거꾸로 붙였으니 악귀도 거침없이 들어오겠지.

일그러진 안경을 쓰고 세상을 보면 만물이 다 일그러져 보인다. 마음도 마찬가지다. 가끔 일그러진 마음으로 우주를 보는 사람들이 있다. 당연히 우주도 일그러져 보이고 신도 일그러져 보인다. 진리는 아름답고 아름다움은 사랑을 생성한다.

나름대로의 인생과 나름대로의 꿈

어린이 사생대회나 어린이 백일장에 가보면 엄마들이 참견을 하거나 손질을 해서 어린이들의 순수성이나 천재성을 다 망쳐버리는 장면을 목격하곤 한다.

어린이들이 그림을 그릴 때는, 사물을 얼마나 사실적으로 묘사했느냐보다 자신의 느낌을 어떻게 표출했느냐를 중시해야 한다. 그래서 엄마가 자녀의 그림에 손을 대거나 참견하는 행위는 결국 그림과 자녀를 동시에 망치는 악행이 된다.

부모가 자신이 이루지 못한 사회적 성취를 자녀가 이루어주기를 강요하는 것은 부모라는 권한으로 자녀의 꿈을 착취하는 일과 같다. 자녀는 나름대로의 독립된 인생과 나름대로의 찬란한 꿈을 간직하고 있기 때문이다.

때로 어떤 부모들은 자녀를 행복하게 만들어주겠다는 명분으로 자녀의 인생을 자기 인생의 부품으로 예속시켜 버린다. 그리하여 자녀의 인생 자체를 아예 말살시켜 버린다. 도대체 그게 무슨 놈의 행복이란 말인가.

인생에 돋아난 여드름

하루에 한 번씩 아침이 온다. 하루에 한 번씩 그대와 세상 만물이 새롭게 태어난다. 그런데도 날마다 어제와 똑같이 살 건가.

오랜 경험에 의하면, 어떤 일에 도전할 때 안 되면 어떻게 하나를 걱정하면 실패할 가능성이 높고, 되면 무엇을 할까를 생각하면 성공할 가능성이 높다. 그러니까 행운은 어찌 보면 자신이 불러들이는 것일지도 모른다.

얼굴에 여드름 좀 돋아났다고 목숨까지 끊을 필요가 있을까. 실패한 시험 따위 알고 보면 인생에 돋아난 여드름 정도에 불과하다. 시험에 몇 번이나 실패하고도 사회를 위해 소금 같은 역할을 하시는 분들이 엄청나게 많다. 괜찮다. 힘을 내시라.

47900

4장

거저먹을 생각만 안 하면 된다

헤픈 사랑은 가치 있는 사랑이 아니다

성공은 하고 싶은데 노력은 하기 싫다는 분들이 있다. 대개 불로소득이나 무통분만으로 출세하기를 바라는 분들이다. 하지만 이런 분들은 나이 들어갈수록 빈곤이니 궁상이니 액운만 기를 쓰고 달라붙는다. 그러니 젊어서부터 부디 노력과 친해지기를.

노력하지도 않았는데, 열심히 기도했다는 이유 하나로 소원을 들어주는 신이 있다면, 나는 차라리 그 신을 믿지 않겠다. 어떤 사랑이든지, 헤픈 사랑은 가치 있는 사랑이 아니기 때문이다.

젊은이들이여. 무통분만이나 불로소득을 꿈꾸지 말라. 오늘 그대가 콩알 한 됫박이라도 거저먹은 것이 있다면 내일 그대 자손이 콩팥 한 개라도 떼어서 갚아야 하리니, 명심하라. 인간의 저울 눈금은 속일 수 있어도 절대로 하늘의 저울 눈금은 속일 수 없다.

2016 [signature]

그대는 그대처럼 사랑하고 나는 나처럼 사랑하고.

자기 처지부터 살펴보는 것이 순서다

사람들은 왜 세상이 바뀌기를 바라기만 하고 자신을 바꿀 생각은 하지 않는 것일까. 자신을 바꾸는 순간 세상도 바뀐다는 사실을 믿을 수가 없기 때문일까.

자신의 인생은 자신이 주인이다. 그러나 모두가 그런 것은 아니다. 때로 어떤 이는 자신의 인생을 무가치한 제도나 물질에 저당 잡힌 채 그 사실조차 자각하지 못한 상태로 한평생을 살기도 한다.

제 모습 다듬기도 바쁜 세상. 남을 비난할 시간이 어디 있나. 남을 비난하고 싶으면 먼저 자기 처지부터 살펴보는 것이 순서다. 선자성(先自省), 후열폭(後劣爆). 먼저 자신을 돌아본 다음에 열등감을 폭발시켜도 인격에 큰 지장이 없다는 뜻이다.

타의에 의해서 끌려 다니는 인생은 진정한 인생이 아니다. 자의에 의해서 창조되는 인생만이 진정한 인생이다.

194

달빛으로 삼겹살을?

예술이 당신에게 물질적 도움을 주지 못한다는 사실이 예술의 결함이 될 수는 없다. 태양으로 라면을 끓이지 못한다는 사실이 태양의 결함이 될 수는 없듯이.

예술을 취업하기 위해 선택한 학생이 몇 명이나 될까. 대학들이 갈수록 저급해진다.

예술은 밥처럼 우리의 육신을 배부르게 만들어주지는 않는다. 그러나 술처럼 우리의 영혼을 취하게 만들어줄 수는 있다. 예술로 밥을 지으려는 소치는 달빛으로 삼겹살을 구우려는 소치와 진배없다.

십 년 동안 시 한 편 읽지 않았어도 사는 데 아무 지장이 없었다고 말하는 사람들이 있다. 정말 사는 데 아무 지장이 없었을까. 제가 보기에는 자신이 로봇처럼 감성이 전무한 존재로 전락해 버렸는데도 모르고 있는 상태일 뿐이지 말입니다.

자연과 한 몸이 되었다는 뜻일까

설악산에 무서리 내리고 수은주의 눈금이 영하로 떨어졌다는 소식. 미처 가을이 떠나기도 전에 어쩌자고 겨울이 먼저 당도했느냐. 아무리 옷섶을 여며도 늑골이 허해지는 세월. 오늘도 먼 하늘 끝에 시 한 줄을 적어 그대 안부를 묻는다.

겨울비가 내리고 있다. 젊었을 때 개고생을 많이 해서 비만 오면 뼈마디가 쑤신다. 자연과 한 몸이 되었다는 뜻일까. 흐린 날 흐린 세상, 뼈마디가 쑤시는 것이야 그런 대로 견딜 만하지만 뼈마디가 쑤시도록 사람이 보고 싶은 건 참 견디기 힘들다.

눈이 내리고 있다. 침잠하는 시간 저 너머로 흐린 풍경들이 떠내려가고 있다. 이런 날은 아무도 기다리지 말아야 한다. 길들은 모두 폭설 속에 매몰되어 버렸다. 봄이 올 때까지는 그대가 보고 싶다는 말을 하지 않고 살도록 하겠다.

오랫동안 소식이 두절된 그대여. 지금쯤 그리움의 힘으로 밀어서 잠금해제 안 될까.

가라앉는 일보다 떠오르는 일이 더 많은 나날.

2013 [signature]

마음이 있는 자리에 본성이 있다

하늘이 아무리 넓어도 그 하늘 그대가 다 쓸 수 없고, 바다가 아무리 넓어도 그 바다 그대가 다 쓸 수 없다. 그러나 물질로는 내가 다 쓸 수 없더라도 마음으로는 그대가 다 쓸 수 있으니, 만물과 합일하라. 그러면 그대가 삼라만상의 주인이 된다.

내 친구 중에, 가끔 하늘을 가리키면서 저거 내 꺼야, 바다를 가리키면서 저것도 내 꺼야, 니가 쓰고 싶을 때는 마음껏 써라, 하고 허세를 부리던 녀석이 있었다. 그때는 꼴값을 떤다고 생각했었는데 지금 생각하면 녀석이야말로 진정한 부자였다.

그대 자신이 우주의 주인이며 인생의 주인이다. 성현들은 생각이 끊어진 자리에 도가 있다고 하셨다. 생각이 끊어진 자리에 마음이 있고, 마음이 있는 자리에 본성이 있다. 나무들은 한자리에서 자신의 잎을 떨구어 땅을 기름지게 만든다. 존버.

가슴을 적시는 일에 게으르지 말자

바람 한 점 없는 날씨다. 모든 풍경들이 정지해 있다. 아직 매미는 울지 않았다. 그러니까 완전한 여름은 아니다. 하지만 대기가 푹푹 고구마를 삶아대고 있다. 아열대성 기후로 변한 거다. 내년에는 마당에 야자수를 한번 심어볼까.

목 빠지게 기다리던 봄은, 제기럴, 언제 왔었나 싶게 훌쩍 지나가 버리고, 어느새 불볕더위에 불쾌지수만 끓어오르는 여름이 닥쳤네. 이럴 때는 꿈만 생각해야 한다. 꿈이 실현되면 오로지 폼 나게 살겠다는 생각만 해야 한다.

수은주의 눈금이 올라가면 불쾌지수도 덩달아 올라간다. 도 닦기 좋은 날씨다. 이런 날씨에는 가슴에 바다 한번 키워보시라. 바다는 수많은 생명에게 자신을 내어준다. 개복치가 지랄을 하건 말미잘이 발광을 하건 넉넉한 가슴으로 품어준다.

차라리 내가 시들고 너는 피어나기를.

서로 사랑만 하면서 살 수 있을까

싸모님하고 아들놈, 셋이서 고스톱 치고 있다. 용돈이 무참하게 거덜 나고 있다.

감자농사를 지을 때는 감자농사가 잘 되기만을 바라야지 돈 따위를 많이 벌 생각을 해서는 안 된다. 그러면 대개 감자농사도 망치고 돈벌이도 망친다. 감자농사를 지을 때는 감자가 마음의 첫머리에 있어야지 돈이 마음의 첫머리에 있어서는 안 된다는 얘기다.

무엇이든 돈으로 계산하는 사람은 가까이하지 않는 편이 좋다. 당신을 사람으로 보지 않고 돈으로 볼 테니까. 막상 그 사람을 돈으로 계산한다면 한 푼 어치의 가치도 없는 사람이다. 왜냐하면 남을 위해서는 한 푼도 베풀지 않는 수전노일 테니까.

돈에도 암수가 있었으면 좋겠다. 따뜻한 이불 속에 암수를 재우면 몇 마리씩 새끼가 태어나는 세상. 모든 동물의 새끼는 모두 이쁜데 돈새끼는 특히 더 예쁘겠지. 돈에도 암수가 있어서 새끼를 치는 세상이 온다면 사람들은 서로 사랑만 하면서 살 수 있을까.

도 따위 닦아서 무엇에 쓰겠는가

낙천적 성격이 행운을 부르고 비관적 성격이 불운을 부른다. 마음 안에 반복해서 간직하는 것들은 씨가 되거나 알이 된다. 그래서 시간이 지나면 꽃으로 피어나거나 짐승으로 태어난다. 우리는 날마다 인사를 한다. 어디로 가십니까. 법문이다.

무릇 법문이란 듣자마자 뻑이 가야지 생각할 겨를이 있으면 이미 기러기는 삼천리나 멀리 날아가버린 뒤다.

한 번도 이 개떡 같은 세상이 나를 위해 존재한다는 생각을 해본 적이 없었다. 그런데 오늘 깊은 잠에서 깨어나 불현듯 올레, 이 세상에 나를 위해 존재하지 않는 것이 아무것도 없다는 사실을 깨달았다. 이제 무엇을 해야 할까?

숨 쉬는 일에 지장 없고 밥 먹는 일에 지장 없고 똥 싸는 일에 지장 없다면, 사는 일에 지장 없다는 말과 동일하다. 당장이라도 그럴 수만 있다면 도 따위 닦아서 무엇에 쓰겠는가. 그저 삼라만상을 사랑하면서 살면 그뿐인 것을.

물은 물대로 산은 산대로

한 걸음 건너서 이별이 기다리고 두 걸음 건너서 절망이 기다리는 시대. 날마다 집을 나서는 순간 그대는 실종된다.

유년시절의, 구멍 난 양말들. 공책과 몽당연필과 필통. 유리구슬들. 딱지들. 뽑아서 지붕 위에 던져두었던 이빨들. 수수깡으로 만든 안경. 제기. 새총. 종이비행기와 종이배와 종이학들. 그리고 친구들과 동네 어른들. 지금은 모두 어디로 갔을까.

내가 사는 곳은 화천군 상서면 다목리 감성마을. 나비 떼에 이끌려 여기다 터를 잡았다. 비선비속(非仙非俗). 이제 그대를 지우기로 한다.

오늘 같은 날은 아무도 만나고 싶지 않다. 돌아보면 나 홀로 너무 먼 길을 걸어와, 첩첩산중 가부좌를 틀고 앉았네. 사랑도 자비도 개한테나 주라지. 물은 물대로 흐르라 산은 산대로 머물라. 방하착(放下着). 이제는 나도 좀 허리 펴고 쉬어야겠다.

쓰러질 때마다 일어서면 그만이지

새싹이 머리가 뾰족해서 언 땅을 뚫고 나오는 것이 아니다. 새 생명이 가는 길은 만물이 비켜준다.

하늘과 바다와 산과 강과 숲들을 보라. 그것들은 자신의 가슴 안에 많은 목숨들을 키운다. 사람 중에서도 하늘과 바다와 산과 강과 숲들처럼 자기의 가슴 안에 많은 목숨들을 키우는 존재들이 있다. 우리는 그 존재들을 시인이라고 부른다.

한여름 그토록 극악스럽게 울어대던 매미들은 모두 어디로 떠나 버렸을까. 7년을 땅 속에서 기다리다 태어나 겨우 7일을 울다 떠나는 매미. 생명이란 얼마나 거룩하고 눈물겨운 것인가.

인생이 깊어지기 위해서는 희망도 필요하고 절망도 필요하다. 단지 포기라는 놈의 유혹만 과감하게 물리칠 수 있다면 기회는 반드시 찾아오기 마련이다. 가끔 쓰러지면 어떤가. 쓰러질 때마다 일어서면 그만이지. 그대를 응원한다. 힘을 내라.

2013

죽어 있는 모든 것도 노래가 되고
살아 있는 모든 것도 노래가 되는 시절.

써도 삼켜야 할 때가 있다

바다를 다 매꿀 수는 있어도 사람의 욕심을 다 채울 수는 없다는 말이 있다. 큰 욕심은 반드시 큰 불만을 초래한다. 따라서 욕심을 줄이는 것이 곧 불만을 줄이는 것이다.

감탄고토(甘呑苦吐). 달면 삼키고 쓰면 뱉는다는 말이다. 사리의 옳고 그름은 무시하고 이득만을 추구할 때 쓴다. 하지만 달아도 뱉어야 할 때가 있고 써도 삼켜야 할 때가 있다. 이득을 위해서가 아니라 인간답게 살기 위해서다.

다 퍼먹은 김칫독에 빠졌다는 속담이 있다. 남들이 이득을 다 보고 물러난 뒤에 멋모르고 덤벼들었다가 크게 손해를 본다는 뜻으로 쓴다. 사람이 물욕에 눈이 어두워지면 자기가 놓은 덫에 자기가 걸리기도 한다. 만족을 모르면 분수도 모르게 된다.

극성필패(極盛必敗). 무슨 일이든지 극도로 성하게 되면 그다음은 패망으로 접어들게 된다는 말이다. 만사 '적당하게'가 제일이지만 그것을 실제로 유지하기가 가장 힘들다. 욕망을 제어해서 조화를 이룰 수 있어야 한다. 그래서 수양이 필요하다.

진흙 한 덩어리도 예술 작품이 된다

불행의 도움을 받지 않았던들 지금의 행복은 없었을 것이다. 빨리 걸으면 네가 불행과 마주치게 되고 천천히 걸으면 불행이 너를 붙잡는다. 러시아 속담들이다. 어떤 인물도 불행을 피할 수는 없다. 다만 불행을 오래 붙잡지 않는 것이 상책일 뿐이다.

일반적으로 상처는 오래 기억되고 은혜는 쉽게 잊혀진다. 하지만 프랭클린은, 상처를 받았으면 모래에 기록하고, 은혜를 받았으면 대리석에 기록하라고 말했다. 상처는 불행이고 은혜는 행복이다. 불행은 빨리 떠나보내고 행복은 오래 간직하자.

자신을 쓸모없는 존재라고 생각해 본 적이 있는가. 하지만 어떤 이가 쓸모없다고 생각해서 내버리는 진흙 한 덩어리도 도공의 손에 들어가면 예술 작품이 된다. 그대의 인생 또한 인연에 따라 얼마든지 달라질 수 있다. 다만 아직은 때가 아닐 뿐.

고향을 묻지 마시라

눈 그쳤으면 세상도 그쳐야 마땅하거늘 그대는 무슨 일로 시방 몽유의 풍경 속을 홀로 걷고 있느뇨.

여기는 춘천. 젊은 날의 내 꿈들이 가난에 짓눌려 매몰된 도시. 커피 한 잔에 아린 기억 한 숟가락을 타 마시고 있음. 가슴이 더 아려오기 전에 일어설 것임.

집 나가면 개고생이라는 말이 있다. 나는 여행을 별로 좋아하지 않는다. 젊었을 때 하도 개고생을 많이 했기 때문이다. 하지만 가끔은 망원경이나 현미경으로 전혀 다른 우주를 여행해 보기도 한다.

세인은 태어난 자리가 진정한 고향이고, 작가는 글을 쓴 자리가 진정한 고향이며, 도인은 깨달은 자리가 진정한 고향이라고 한다. 하지만 내게는 진정한 고향을 묻지 마시라. 나는 아직도 시정잡배, 고향이 없는 떠돌이로 살아간다.

때로는 침묵. 때로는 정지.

비굴과 조화

남에게는 춘풍같이 대하고 나에게는 추풍같이 대하라는 말이 있다. 남에게는 따뜻하게 처신하고 나에게는 냉엄하게 처신하라는 뜻이겠지. 자신보다 남을 더 배려하는 사람은 시간이 흐를수록 많은 사람들에게 호감을 얻는다. 그리고 호감은 성공을 부른다.

지나치게 자존심이 강한 사람들은 대개 난관에 봉착하면 그것을 혼자 해결하려고 애쓴다. 하지만 다른 이들의 도움을 얻어내는 수완 또한 자신의 능력에 해당한다. 때로는 쥐꼬리만 한 자존심을 지키려다 코끼리만 한 재앙을 불러들이는 수도 있다.

　인간은 다른 사람에게 속는 횟수보다 자기 자신에게 속는 횟수가 더 많을지도 모른다.

　내가 지금까지 살아오는 동안 가장 설득하기 힘들었던 상대는 바로 나 자신이었다. 하지만 요즘은 설득 없이도 알아서 잘 쓰러진다. 비굴해졌다는 뜻이 아니라 조화할 줄 안다는 뜻이다.

사자 코스프레에 대응하는 법

나쁜 놈들 욕하면 자기와 아무 상관없다면서 노골적으로 시비 거는 사람들 있다. 가만히 있으면 아무도 모를 텐데 아닌 척하면서 꼭 티를 내는 거지.

모두가 힘든 시기다. 서로 위로하고 격려하면서 살아가자. 물론 나쁜 놈들은 욕 처먹어 싸니까 적당히 그놈들 욕도 하면서 살아가자. 착한 척 애국하는 척 살지 말고 정말 착하게 애국하면서 살아가자.

당신이 사자 코스프레한다고 내가 겁먹을 줄 아는가.

기회는 앉아서 기다리는 것이 아니라 자신의 피땀을 바쳐 만드는 것이다.

선생, 남 흠집 내는 열정 가지고 그대 업적이나 한번 만들어보시오.

인생길에는 내리막도 있는 법

남쪽은 벚꽃 진 지가 오래라는데 여기는 감성마을, 아직 벚꽃은 필 기미도 보이지 않는다. 단지 생명력 강한 야생화들만 해맑은 얼굴을 빼꼼히 내밀고 내게 소리친다. 영감, 봄이니까 힘내세요.

가끔 꽃도 보고 살지만 가끔 똥도 보고 산다. 가끔 칭찬도 하고 살지만 가끔 질타도 하고 산다. 가끔 울기도 하고 가끔 웃기도 한다. 그러면서 생각한다. 그래, 인생길에는 가끔 오르막이 있으면 가끔 내리막도 있는 법이라고.

있으면 있는 대로 최선을 다하고, 없으면 없는 대로 최선을 다한다는 신조로 인생을 살아가면, 언젠가는 성공이라는 놈이 팔을 활짝 벌려 그대를 껴안을 날이 올 것이다. 그때까지는 아무리 힘들어도 포기하지 말고 조낸 버티기.

그대가 다 시들어 말라비틀어져도
내 눈에는 아름다운 것.

곧 찬란한 아침이 오리라

이 시간, 식구들 먹여 살리기 위해 잠에서 깨어나 일터로 나가시는 어머니들이 계시는가 하면 이 시간, 클럽에서 만난 파트너 부둥켜안고 비틀거리면서 모텔로 기어들어가는 젊은 남녀들도 있겠지. 나로서는 어느 쪽을 떠올려도 마음이 아리다.

물질의 풍요가 행복의 척도라고 생각하는 막장에서 이 가을 문학에 목숨 걸고 새벽까지 잠 못 드는 젊은이가 있을까. 있다면 하나님. 백설공주 따위는 필요 없고 말입니다, 라면이라도 잘 끓이는 우렁각시 한 명만 보내주시면 안 될까요.

이 새벽, 인터넷에서, 당찬 목표를 정하고 열심히 정진하는 젊은이들을 만나는 행복감이여. 세태는 역사를 거슬러 흐르고 있는데 나는 나이를 거슬러 흐르고 있다. 세상에게 말해 주고 싶다. 그래, 굳이 망하고 싶다면 오늘 망해도 상관이 없다.

아직은 어둠이 머물러 있는 새벽. 그러나 우리 사는 세상, 곧 찬란한 아침이 오리라는 확신을 가지고 살아간다.

하루를 살더라도

세르반테스는 『돈키호테』를 통해, 검이 펜을 무디게 한 적도 없고 펜이 검을 무디게 한 적도 없다고 말했다. 사실 펜이 칼보다 무섭다는 말은 언론이 살아 있을 때의 잠언이다. 이제 일부 언론은 펜을 든 사람들의 공동묘지가 되고 말았다.

거짓이 거짓을 낳고 거짓이 거짓을 낳아도 결코 거짓으로 진실을 덮을 수는 없다. 거짓을 만든 사람들은 자기도취가 되어 간혹 그것을 진실로 착각할지 몰라도 전 인류가 모두 청맹과니는 아니다. 그리고 언론이 거짓에 동조하는 것 자체가 중대한 범죄다.

백성의 입을 막기가 강물을 막기보다 힘들다는 속담이 있다. 아무리 언론을 봉쇄해도 강물은 흐른다. 흘러서 바다에 이른다. 백 년을 다 살아도 삼만 육천 일. 하루를 살더라도 제 할 일은 하고 살자.

뱀독 빼는 데 좋다는 구절초, 사랑의 독도 뺄 수가 있나요.

이 글을 읽고, 뜨끔 하는 인간은,
있어도 괜찮은 인간일 가능성이 높다

비열한 자들은 항상 위험요소가 완전히 제거된 상태에서만 허세를 부린다. 그들은 자신들이 무슨 열사라도 되는 듯 애국애족을 남발하면서 한껏 위엄을 부린다. 하지만 위기에 봉착하면 언제라도 변절해 버릴 수 있는 이중성을 보여준다. 선천성 간신체질.

사회나 가정을 위해, 있어도 그만, 없어도 그만인 존재가 있는가하면, 없는 편이 오히려 나은 존재도 있다. 이 글을 읽고, 뜨끔 하는 인간은, 있어도 괜찮은 인간일 가능성이 높고, 발끈하는 인간은, 없는 편이 나은 존재일 가능성이 높다.

군자는 태연하나 교만하지 않고 소인은 교만하기만 하고 태연하지는 않다. 『논어』.

내 공부가 아직 멀었다

자기 몸집보다 큰 과자 부스러기를 물고 끙끙거리면서 집으로 돌아가는 개미를 보고 똥파리가 말했다. 부지런하면 어디다 쓰나, 똥 맛을 모르는데.

똥파리가 똥무더기를 숭배하는 현상은 내 식견으로도 충분히 이해가 간다. 하지만 봉황이 똥무더기를 숭배하는 현상은 내 식견으로는 도저히 이해할 수 없다. 상식을 상실한 시대. 내 공부가 아직 멀었다는 사실을 너무 자주 통감하게 된다.

세상은 넓고 똥파리들은 많다.

바지에 똥 싼 놈이, 오히려 누가 방귀를 뀌었느냐고, 냄새가 너무 지독하다고, 야단법석이다. 다들 냄새를 견디지 못하고 밖으로 나간다. 그런데 한 놈만 방바닥에 퍼대고 앉아 있다. 퍼대고 앉아 계속 방귀 뀐 놈이 누구냐는 소리만 연발한다.

깨닫기 전에 굶어죽을지도

아, 전생에 나이트 죽순이, 죽돌이로 살았던 나방들, 방충망에 붙어서 빨리 영업 시작하라고 날개를 푸득거리고 있다. 내가 술하고 야동 모두 끊은 거, 시키들은 아직 모르고 있는 모양이다.

너는 이제 주거써.

벌레들이 집필실 방충망에 붙어서 지금 쓰고 있는 글 좀 읽게 해 달라고 아우성을 친다. 야설 아니니까 썩 꺼지라고 말해 주어도 아무 소용이 없다. 요즘은 컴퓨터 속에서도 컴퓨터 밖에서도 벌레들 때문에 참 귀찮다.

식음을 전폐하고 반야심경을 암송하던 귀뚜라미, 아직도 마하반야바라밀다심경, 암송을 계속하고 있다. 저 정도로 지극정성을 다했으면 지금쯤 대각견성(大覺見性)을 했어야 정상인데 여전히 벌레 신세를 면치 못하고 살아간다. 깨닫기 전에 굶어죽을지도 모른다.

하나가 되려는 것.

심히 부끄럽고 안타깝다

예술가는 의식이 현실로부터 30년 정도 앞서 있는 경우가 대부분이다. 그런데 현실에 목을 매고 살아가는 범인(凡人)들이 같이 좀 가자고 떼를 쓰거나 어디 있는지 모르겠다고 투덜거리면 안 된다. 왜냐하면 그 소리는 같이 죽자는 소리나 다름이 없기 때문이다.

예술가에게 통념적 애국심을 강조하면 안 된다. 예술을 하고 있다는 사실 자체가 곧 애국이나 다름이 없기 때문이다.

예술가들에게는 작품이 자식과 같은 존재다. 따라서 남의 자녀를 함부로 유괴해서 자기 애라고 우기거나 이목구비 사대육신을 제 멋대로 개조한다면 엄벌에 처해도 할 말이 없다. 그런데 대한민국은 이런 상식조차도 실종상태니, 심히 부끄럽고 안타깝다.

인터넷에서 어떤 서류를 작성할 때 직업란에 예술가나 소설가는 명시되어 있지 않고 부득이 기타라는 항목을 체크해야 하는 순간, 30년 동안 글밥을 먹고 살아온 저는 조낸 외롭지 말입니다.

배가 고프면 작품도 덩달아 궁색해진다

예술가에게 끝없는 고통을 강요해서는 안 된다. 예술은 고통 끝에 나오는 것이지 고통 중에 나오는 것이 아니다. 예술가야말로 멋지고 행복하게 살아야 하는 존재들이다.

이제 더 이상 예술가들한테 헝그리 정신을 강요하지 말라. 배가 고프면 작품도 덩달아 궁색해진다. 그 잘나빠진 헝그리 정신은 고관 대작들한테나 던져주라. 그분들은 대부분 배고픈 사람들 심정을 모르는 듯이 처신하는 경우가 많다.

예술가는 가난해야 좋은 작품을 만들어낼 수 있다는 지론을 당연시하는 사람들이 있다. 정말 그럴까. 그분들의 지론이 옳다면 우리나라 지하도 노숙자 출신들 중에서 세계적인 예술가가 적어도 서너 명 정도는 탄생했어야 옳지 않을까.

예술이 대접받지 못하는 세상은 분명히 사람도 대접받지 못하는 세상이다.

푸르른 잣나무 숲을 보게 되는 그날까지

국가와 민족을 위해 자신을 희생하겠다는 대의명분은 없고 오로지 자신과 측근들의 사리사욕을 채우는 일에만 혈안이 되어 있는 정치가는 대한민국에 단 한 명도 존재하지 않는다―라고 말할 수 있는 시절은 언제 올까.

날치기 당했는데 픽치기 당한 느낌이다.

풀 한 포기 없는 사막에 잣알을 흩뿌리고 곧 푸르른 잣나무 숲을 보게 될 거라고 호언장담하는 것이 정치가들이다. 하지만 푸르른 잣나무 숲을 보게 되는 그날까지, 햇빛을 막아주고, 물을 뿌려주고, 거름을 져 나르는 것이 국민들이다.

설사 국가 경제가 나아진 적이 있다 하더라도 그것은 대통령 한 사람의 공덕에 의해서가 아니라 국민 전체의 공덕에 의해서라는 사실을 망각해 버리는 정치가들이 있다. 진정으로 나라가 잘되기를 바란다면 국민의 머슴이 되겠다던 공약을 망각하고 국민의 상전으로 군림하는 정치가들에게 발붙일 기회를 주지 말아야 한다.

떠났더라도 시들기 전에 다시 돌아오기.

나약해지지 않도록 마음을 다잡겠다

잠도 오지 않고 일도 손에 잡히지 않는다. 세상이 참담하고 슬프고 온통 거짓말 같다. 하지만 냉철함을 잃지는 않겠다.

엘리엇의 말대로 4월은 잔인한 달. 양지바른 비탈마다 만개해 있던 산벚꽃이 하룻밤 내린 비에 무참히 져버렸다. 대한민국의 봄날도 끝나버렸다. 하지만 주저앉지는 말아야겠다. 이를 악물고 일어서야겠다. 모두들 서로를 격려하며 힘을 내자.

정신 똑바로 차리고, 우리 사는 세상 어디로 가고 있는지 지켜보고 있겠다. 가끔 울기도 하고, 가끔 화도 내겠다. 나약해지지 않도록 수시로 마음을 다잡겠다. 여러분도 부디 힘을 내기를.

'침몰하지 않는 진실을 희망으로 간직하며.'

당신의 가슴에 상식의 씨를

꽃 피어야 하는 계절에 열매 맺기를 바라거나 열매 맺어야 하는 계절에 수확하기를 바라지는 않겠다. 열심히 기도해도 때가 아니면 이루어질 수 없는 법, 씨 뿌리지도 않은 땅에서 어찌 풍성한 곡식을 기대하겠는가. 언제나 열심히 글밭을 갈며 살겠다.

겨울이 아무리 춥고 길어도 반드시 봄은 온다. 그것이 순리다. 헌법은 초월할 수 있어도 순리는 초월할 수 없다. 순리는 우주의 힘이다. 인간이 막을 수 있는 힘이 아니다. 당신의 가슴에 상식의 씨를 뿌리라. 그리고 꽃 피기를 기다리라.

플라스틱 꽃에 거름을 준다고 꽃이 더 아름다워질까. 비싼 향수를 뿌린다고 벌나비가 날아올까. 오늘도 세상은 흐림, 쓰라린 늑골 속으로 공허한 바람이 푸득거리면서 지나간다. 그래도 그대만은 부디 강녕하소서.

2013

제 상처보다 그대 상처가 언제나 아프고 커 보입니다.

작은 것에 집착하다 보면
큰 것을 잃어버리기 십상이다

심안을 뜨고 바라보면 한 음절의 단어가 한 소절의 경전이 되기도 한다.

때로는 낱말들도 씨앗과 같아서, 원고지 고랑마다 뿌려두면, 싹 트고 꽃 피고 열매 맺어서 영혼이 허기진 사람들의 양식이 되기도 한다.

바둑을 두시는 분들은 흔히 바둑판을 우주에 비유하곤 한다. 전체를 두루 살피지 않고 부분에만 집착하는 분들은 하수에 가깝다. 소탐대실(小貪大失). 작은 것에 집착하다 보면 큰 것을 잃어버리기 십상이다. 멀리 내다보면서 행마하겠다.

감성과 지혜가 숙성되는 경험

노동을 해본 적도 없는 사람이 노동을 가장 우습게 생각한다. 예술을 해본 적도 없는 사람이 예술을 가장 우습게 생각한다. 하지만 이 세상을 아름답게 만드는 것들 중에 아무것도 쉬운 것은 없다. 단지 말을 함부로 지껄이는 인간들은 있어도.

질병을 몇 번 앓아보았다고 누구나 의사가 될 수는 없듯이 책을 몇 권 읽어보았다고 누구나 작가가 될 수는 없다. 물론 나름대로의 견해를 피력하는 것이야 탓할 바가 아니지만 자신을 부각시키기 위해 타인의 성취를 과소평가하는 것은 옳지 않다.

소설은 당신으로 하여금 가장 짧은 시간에 여러 사람의 인생을 살아보게 만드는 장점을 가지고 있다. 당신은 그것을 읽었다는 사실 하나만으로도 감성과 지혜가 숙성되는 경험을 축적할 수 있다. 고매한 비평 따위는 그다음의 문제다.

예술 작품은 도덕적 영향을 미칠 수 있지만, 작품에 도덕적 목적을 요구하는 것은 작가로 하여금 작품을 파괴하라는 것과 같다─괴테.

그대에게 세 음절의 암호를 전송한다. 나. 팔. 꽃.

누구나 절로 시흥에 취하는 것을

좋은 술은 좋은 피를 만든다는 속담이 있다. 하지만, 술자리가 길어지면 수명은 짧아진다는 속담도 있다. 그대는 어느 속담에 고개를 끄덕거렸나.

술은 기분 좋아서 마시면 보약이 되고 기분 나빠서 마시면 독약이 된다. 파란만장한 사바세계, 시정잡배로 살다 보면 보약을 마실 때보다 독약을 마실 때가 훨씬 많다. 그래서 노래가 필요하다. 노래는 독약을 희석시키는 힘을 가지고 있다.

저 하늘 뭉게구름조차 연둣빛 물오르는 봄날. 시인만 시를 쓰라는 법 있겠는가. 자연에 들어 낮술 한잔 마시면 누구나 절로 시흥에 취하는 것을.

황무지 같은 현실의 화분 속에 감성의 화초를 가꾸면서 살아가는 그대를 사랑한다.

초청장을 만드는 사람은 바로 당신

한여름 논바닥에서 날뛰는 메뚜기가 어찌 겨울 눈보라의 처절한 아름다움을 알 수 있겠는가.

같은 시간에 상상을 하더라도, 낙천적인 사람은 자신이 성공한 모습을 상상하고 비관적인 사람은 자신이 실패한 모습을 상상한다. 어느 쪽이 잘 될 것인가는 이미 거기서 판가름이 난다. 실패도 성공도 초청장을 만드는 사람은 바로 당신이다.

세상에서 가장 가치 있는 존재가 바로 당신이다. 하지만 가치관을 잘못 설정해서 그 가치를 가차 없이 떨어뜨리는 이도 바로 당신일 경우가 많다.

5장

남까지 행복해질 수 있어야만
완전한 성공이다

현자는 불편한 길을 선택해서
편안한 노년에 이른다

술 한 잔으로 원수를 만들 수도 있고 술 한 잔으로 은인을 만들 수도 있다. 아무리 값진 것이라도 쓰는 사람에 따라 쓰레기가 되기도 하고 아무리 값싼 것이라도 쓰는 사람에 따라 보물이 되기도 한다. 당신의 가치가 곧 세상 만물의 가치다.

현자(賢者)는 불편한 길을 선택해서 편안한 노년에 이르고 우자(愚者)는 편안한 길을 선택해서 불편한 노년에 이른다. 노년에 이르면 길을 선택할 여지는 주어지지 않는다.

썩은 새끼로 범을 생포하겠다고 호언장담하는 사람들이 있다. 포부를 크게 가지는 거야 탓할 바가 아니지. 하지만 포부에 비해 준비와 노력이 미흡하면 남들에게 밑천도 없이 큰소리만 치는 허풍쟁이로 오해받거나, 범 잡으려다 자기가 잡힐지도 모른다.

사랑, 때로는 텅 빈 하늘에 나 홀로 섬이 되는 것.

다빈치의 그림에 스며 있는 영혼의 무게

책을 많이 읽었다는 사실을 아무한테나 과시하기 좋아하는 남자가 있었다. 어느 날 나는 그가 있는 자리에서 백지에 그림 하나를 그려 보였다. 그가 말했다. 코끼리를 삼킨 보아뱀이로군요. 예상대로였다. 하지만 내가 말했다. 아닙니다. 이건 모자입니다.

단지 잘난 척하고 싶었던 건 아닐까. 그렇다면 정말 별꼴이 반쪽이야.

지나가던 개들이 전봇대에 이르러 한쪽 다리를 들고 오줌을 누면서 말한다. 이 쓸모없는 것들은 꽃도 피지 않고 열매도 열리지 않는데 인간들은 왜 뽑아버리지 않고 그대로 방치해 두는 것일까. 예술은 전깃줄과 같다. 지나가던 개들에게는 안 보인다.

당신의 사랑과 당신의 그리움과 당신의 회한과 당신의 희망을 정확하게 수치로 표시할 수 있을까. 다빈치의 그림에 스며 있는 영혼의 무게는 정확하게 수치로 표시할 수도 없고 정확하게 돈으로 환산할 수도 없다.

초심이라는 낱말이 저렴해지는 느낌

성공하고 싶다면 그대가 추구하는 일에 전념하라. 꽃 피는 시기가 따로 있고 열매 맺는 시기가 따로 있나니, 나태하면 막상 기회가 와도 그것이 기회인 줄 모르게 된다. 지나간 다음에야 그것이 기회였음을 알고 한탄한들, 무슨 소용이 있으리오.

적극적으로 시도해 보지도 않고 머리로만 판단해서 안 된다고 결론을 내려버리는 분들은 사랑에도 사업에도 실패할 확률이 높다.

별다른 노력도 기울이지 않고, 딱히 하는 일도 없는 사람이, 허구한 날 복권이 당첨되기만을 기다리면서, 뻑 하면 초심을 잃지 않겠다고 말한다. 초심이라는 낱말이 사용자를 잘못 만나 갑자기 저렴해지는 느낌이다. 그래도 제발 당첨되기를.

같은 방향으로 바라보기.

노력에 의한 한 방이기를

술 담배 참고 소 샀더니 호랑이가 물어갔다는 속담 들어보셨나. 애써 모은 재산을 뜻하지 않은 일로 털어먹었을 때 쓰는 속담이다. 특히 사기나 도박은 패가망신의 지름길, 호랑이 아가리에 애써 모은 재산을 착실하게 던져주는 격이다.

좋은 습관을 익히려면 많은 노력과 시간이 필요하다. 그러나 나쁜 습관을 버리려면 더 많은 노력과 시간이 필요하다. 그래서 나쁜 습관은 처음부터 가까이하지 않는 것이 최선이다.

나쁜 습관 한 가지를 고치면 다른 나쁜 습관 열 가지가 고쳐진다고 한다. 나쁜 습관 한 가지를 방치해 두면 다른 나쁜 습관 열 가지를 만들어내기 때문이란다.

인생은 한 방이야, 라고 말씀하시는 분들이 많다. 부디 바라시는 대로 지금까지의 부실을 한 방에 만회해 버리시기를 빌어드리고 싶다. 하지만 요행에 의한 한 방이 아니라 노력에 의한 한 방이기를 빌어드리고 싶다. 으라차차, 힘내세요.

오늘의 소망

옛 애인이 주고 간 상처 때문에 지금 애인이 불이익을 당하게 만들어서는 안 된다. 죄는 변사또가 저질렀는데 문초는 허구한 날 이몽룡이 받아야 한다면 천하일색 춘향이보다는 천하박색 향단이가 더 예뻐 보일 날이 올지도 모른다.

세상에는 참 많은 일들이 일어난다. 물론 다 기쁘고 아름다운 일들만 일어나지는 않는다. 슬프거나 추악한 일들도 일어난다. 그러나 그대여. 우리만이라도 날마다 마음속에 해맑은 해 하나를 잘 닦아서 간직한 모습으로 하루의 일과를 시작하자.

잠들기 전에는 언제나 이기적인 하루를 보내지는 않았는가 반추한다. 남을 위해 한 일이 아무것도 없다면 내게 부여된 하루를 낭비한 것이겠지. 잠에서 깨어나면 항상 오늘을 낭비하지 않고 살게 되기를 소망한다. 사랑하는 그대여, 오늘도 존버.

얼마나 가련한 인생인가

60년 넘게 사는 동안 꽃 피지 않는 나무에 열매 열리는 것 보지 못했다. 젊음은 마음 안에 아름다운 꽃눈을 틔우는 나이. 그대여, 절대로 무통분만을 꿈꾸지 말라. 작은 꽃눈 하나 틔우는 데도 온몸이 쪼개지는 아픔이 따르는 법이니.

젊었을 때는 가급적이면 실패와 절망을 피해 다니지 말라. 그것들은 그대에게 투지와 인내를 가르치는 스승들이다. 그것들을 피해 다니면 결국 나이 들어 비굴과 아부만이 그대의 재산으로 남아 있게 된다. 얼마나 가련한 인생인가.

젊은이. 그대는 태생적으로 외로운 존재다. 지구는 광대무변의 우주에서 단 하나밖에 없는 행성이다. 그대도 마찬가지, 지구가 태생적으로 간직하고 있는 고독 유전자를 복제하고 있는, 유일무이한 생명체다. 그러니 자신을 너무 하찮게 생각지 말고 존버.

사랑은 직접 닿지 않아도 너와 같은 빛깔로 물들어버리는 것.

이 정도는 상식이지

양반은 물에 빠져도 개헤엄은 안 친다는 말이 있다. 사실 개헤엄 조차 칠 줄 모르니까 그런 소릴 하는 거다.

들은풍월에 얻은 문자라는 말이 있다. 정식으로 배워서 얻은 지식이 아니라 주워듣고서 아는 체하는 사람에게 쓰는 말이다. 시골 사람이 동대문 문지방을 박달나무로 만들었다고 우기면 서울 사람이 진다고 한다. 대개 모를수록 자신감이 넘치거든.

글에 담긴 메시지나 행간에 담긴 상징적 의미, 함축성 따위는 등한시하고 말꼬리나 잡고 늘어지는 마구간 출신 논객들이 적지 않다. 이들의 논조는 언제나 조소에 가깝다. 게다가 조소에 어설픈 애국심까지 처발라져 있으면 솜털까지 오그라드는 느낌.

글은 삽이나 망치처럼 남의 것을 빌려다 쓸 수 있는 연장이 아니다. 남의 글을 도용해서 자기 글인 척 허세를 부리는 짓거리는 일종의 범죄다. 이 정도는 상식이지. 하지만 지금은 몰상식이 상식화해 버린 시대. 제길슨을 입에 물고 오늘도 존버.

기회의 징검다리

꼭 발목을 절단해야 다리를 절게 되는 것은 아니다. 발가락 한 개만 금이 가도 다리를 절게 된다. 부분과 전체는 하나다. 비록 그대는 자신을 보잘것없는 존재라고 생각할지 몰라도 그대는 분명히 전체에 영향을 미치는 아주 귀중한 존재다.

열악한 환경과 치열하게 싸우면서 정직하고 성실하게 살아가는 젊은이들은 거룩하고도 아름답다. 아무리 세상이 썩어 문드러졌어도 인재를 알아보는 눈은 멀지 않는다. 꽃노털에 마당발인 내가 그들을 위해 할 수 있는 일은 기회의 징검다리를 만들어주는 것이다.

이 작은 땅덩어리에서도 어느 지역은 바람 속에 눈발이 흩날리고 어느 지역은 청천 하늘에 찬별도 많다는 소식이다. 그래도 우리는 같은 나라 같은 민족. 비열한 지역감정 따위는 이제 도살처분해 버렸으면 좋겠다.

풀잎 하나가 져도 온 세상 문이 모두 닫히는 느낌.

아무리 꽃이 이쁘기로소니 내 마누라만 하리

가장 소중한 것들이 집에 다 있는데 그동안 집 밖에서 그것들을 찾아다녔다는 사실을 자각하는 순간부터 남자는 비로소 철이 들기 시작한다. 그리고 그 순간이 오기 전에는 모두가 어린애다. 실수를 연발하더라도 짜증 내지 마시고 용돈이나 많이 주떼윰.

어떤 사람이 물고기를 어항에 가두고 낚시꾼의 위험으로부터 보호하고 있는 중이라고 말했다. 거기에 대한 당신 생각은?

별꼴이 반쪽일세

자기 집 담벼락 밑에 산더미처럼 쌓여 있는 쓰레기는 방치해 두면서 남의 집 담벼락 밑에 담배꽁초 하나 떨어져 있다고 흉을 본다. 친절한 금자 씨가 귓속말로 전한다. 너나 잘하세요. 십팔색조카크레파스야.

내 글에 태클을 거는 분이 있어 반박을 하면, 왜 다양성을 인정하지 못하느냐고 따지듯 묻는다. 그럼 내 글도 다양성에 포함시켜서 인정해야 하는 것 아닌가. 된장헐, 별꼴이 반쪽일세.

'긍정적으로' 그럴 때 쓰는 게 아니다. 두둔할 게 따로 있지.

여름 하루살이가 가을 황금 들판의 아름다움을 어찌 알며, 가을 메뚜기가 겨울 설경의 눈부심을 어찌 알겠는가. 미물들이 아무리 어지럽게 설쳐도 무궁화 삼천 리 화려강산에는 전혀 영향을 미치지 못한다. 다만 중2병 관종들의 열폭에 불과하지.

억울한가요?

별로 뛰어난 안목을 획득한 처지도 아니면서 겉모습으로 사람을 싼놈 비싼놈으로 가치평가해 버리는 무뢰한 무뢰녀들이 적지 않다. 그 자체가 자신이 저급한 부류라는 사실을 증명하는 소치가 아니고 무엇이겠는가.

분명히 인간 자체가 명품이 아닌 줄 알고 있는데 그가 걸치고 다니는 물건이 명품이기 때문에 부러워한다면 그것 때문에 당신이 더 싼티가 날 수도 있다.

잘생긴 남자가 추근대면 호감표현, 못생긴 남자가 추근대면 성희롱. 억울하다고 생각하는 남자 분 있으시면 저하고 시골에 틀어박혀 묵묵히 소나 키웁시다.

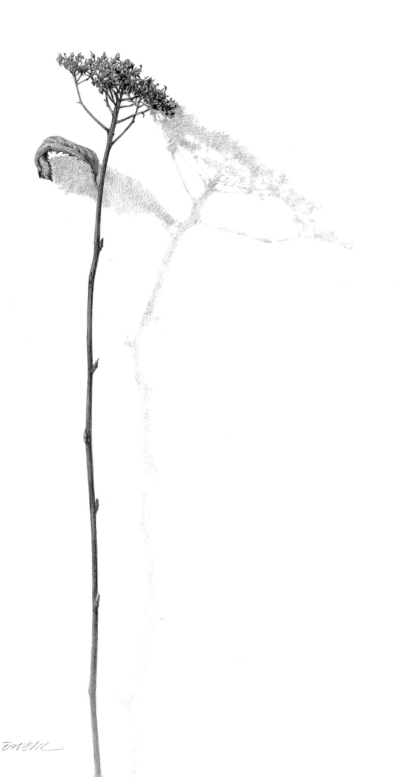

2012 朴敬蘭

사랑할 때는 모두가 낙락장송.

도대체 인간은 얼마나 한심한 존재인가

아무리 높은 산이 앞을 가로막고 있어도 강물은 저 혼자 길을 만들어 바다에 이른다.

오늘날은 교육의 궁극이 마치 취업에 있는 것 같다. 굼벵이나 똥파리들조차도 대학은 다니지 않는다. 하지만 먹고 사는 일에 그다지 어려움을 겪지 않는다. 고작 취업 때문에 그토록 많은 시간과 자금을 투자해야 한다면 도대체 인간은 얼마나 한심한 존재인가.

취업이 힘들다고 말하는 분들이 많다. 차라리 창업하는 것이 어떨까. 어차피 쉬운 일은 하나도 없는데 취업보다는 창업이 더 성공확률이 높지 않을까.

취업이 곧 성공은 아니다. 그런데도 일부 젊은이들이 인생의 최종 목표를 취업인 양 생각하는 풍조는 나로 하여금 측은지심을 자아내게 만든다. 젊은이들이여, 패기를 가지라. 회사가 그대들을 받아주지 않으면 까짓 거 그대들이 회사를 만들어버려라.

행운퇴치 종결자

허세 중에서 가장 안쓰러운 허세는 열등감이 만들어낸 허세다. 이를테면 똥덩어리에 앉아 있던 똥파리가 유유히 하늘을 선회하고 있는 독수리를 보고 "남이 노력해서 찾아낸 진수성찬 넘보지 말고 너도 노력 좀 해 봐라, 새캬" 하고 소리치는 따위의 허세.

없는 놈 허세가 더 무섭다는 말이 있다. 행여 서 푼 어치도 안되는 그놈의 자존심이 상할까 봐 뺵 하면 열등을 허세로 위장하며 산다. 그대로 있어도 불쌍해 보이는데 아예 불평과 욕설까지 입에 물고 산다. 이런 사람을 행운퇴치 종결자라고 한다.

날개가 있다고 모두가 하늘을 잘 날 수 있는 건 아니다.

사랑한다고 말하지 않아도 사랑인 줄 아는 것.

그리움과 배고픔은 어떤 관계가 있을까

시절에 부합하는 소망을 가지라. 봄은 꽃피는 계절이고, 여름은 열매 맺는 계절이다. 가을은 수확하는 계절이고, 겨울은 휴식하는 계절이다. 그런데 사시장철 수확하기만 바라는 사람들이 있다. 땀 한 번 제대로 흘려보지 않은 사람일수록 그런 성향이 농후하다.

사랑은 나무 같아서 때로는 꽃 피고 때로는 열매 맺고 때로는 단풍 들고 때로는 낙엽진다. 사랑에도 봄 여름 가을 겨울이 있어서 철에 따라 황홀함과 쓰라림이 동반된다. 비록 못 견디게 아파도 어쩔 수가 없는 것이다.

그리움이 석쇠에 꽁치 굽는 냄새처럼 번지는 시간.

한밤중. 추적추적 비 내린다. 누군가 먼 길을 걸어와 내 방문을 조용히 두드릴 것 같은 예감. 그러나 아무도 올 사람이 없다는 사실을 나는 안다. 그리움과 배고픔은 어떤 관계가 있을까. 출출하다. 라면이라도 한 그릇 끓여 먹어야겠다.

그대는 어느 쪽이신가

자만이 지나친 사람은 말이 많은 편이고 열등이 지나친 사람은 말이 없는 편이다. 그래도 말이 많은 사람보다는 말이 없는 사람이 훨씬 상대를 편하게 만들어준다. 그대는 어느 쪽이신가.

사시나무가 바람 부는 날 느티나무를 보고 그까짓 바람 따윌 못 견디고 이파리를 온통 흔들어대면서 오두방정이냐고 핀잔을 준다. 남 헐뜯기 좋아하는 인간치고 제 꼬라지 변변한 위인 드물다. 가끔 싸대기를 갈겨줘도 왜 맞았는지조차 모른다.

거울을 닦는다고 얼굴에 묻은 오물이 사라질 리가 있겠는가. 현상을 고치는 일보다 근본을 고치는 일이 중요하다. 갈수록 자살률이 증가하고 있다. 그런데 아무런 대책도 세우지 못하고 있다. 이제 가치관을 수정하는 일이 시급하다.

부디 굴종이 생활화되지 않았기를 빈다.

그대가 중요한 존재라는 증거

희로애락(喜怒哀樂) 중 분노를 의미하는 노(怒) 자는 노예[奴]와 마음[心]이 결합되어 만들어진 글자다. 심리학에서는 공정한 대우를 받지 못할 때 분노가 발생한다고 한다. 우리가 사는 사회는 과연 공정한 대우가 이루어지는 사회일까. 대답은 즐!

험한 세상 살다 보면, 욕이 신통한 보약이 될 때도 있다.

젊어서 뿌린 곡식이 없는데 늙어서 추수할 곡식이 있겠는가. 지금부터라도 세상 탓하기 전에 먼저 자기 탓하면서 살아보시면, 행여 솟아날 구멍이 생길지도 모르지 말입니다.

살다 보면 그대 때문에 행복해지는 사람들도 있고 그대 때문에 불행해지는 사람들도 있겠지. 그대가 중요한 존재라는 증거다. 그대의 재산 따위는 아무 상관이 없다. 그대가 타인의 행복을 위해 얼마나 노력하는가에 따라 그대의 가치는 달라진다.

간절하지 않은데 사랑이라 할 수 있나.

어둠의 깊이와 고독의 깊이가 동일해지는 시각

삶이 그대를 속이면 슬퍼하거나 노해야 한다. 슬픔의 날을 참고 견디면, 삶은 그대를 속여도 괜찮은 줄 안다. 그래서 계속 그대를 속이게 된다. 그대는 계속 바보가 된다. 인내가 쓰기만 하고 열매도 안 열린다면 혼자는 욕도 하고 화도 내자.

부처님도 어차피 고(苦)라고 설파하신 인생. 기쁨과 행복만 있기를 바라지는 않겠다. 아픔이든 슬픔이든 빈곤이든, 내게로 오는 것은 모두 다 내 몫이니, 함께 끌어안고 가겠다. 그 속에 풀꽃 같은 사랑 한 포기라도 피울 수만 있게 하소서.

시곗바늘은 어느새 밤을 관통해서 새벽으로 기울어지고 있다. 인생은 숲처럼 무성해지는 고독, 강처럼 깊어가는 슬픔. 결국 혼자 끝없는 바다가 되고 혼자 가없는 하늘이 될 때까지 눈시울 적시면서 살아가는 일이지. 이제 꽃들도 지고 봄도 떠나간다.

284

월요일이 슬금슬금 다가오고 있다

개에게 일요일 다음이 무슨 요일이냐고 물었더니 월, 월, 월, 하고 대답했다는 아아, 개도 알고 있는 그 징그러운 월요일이 슬금슬금 다가오고 있다. 여러분. 힘을 내자. 우리에게는 은근과 끈기를 바탕으로 정비된 존버정신이 내재하고 있다.

드디어 미지근한 물에 불어터진 건빵처럼 맛대가리 없는 월요일이 슬그머니 우리의 일상 속에 발을 들이밀었다. 이번에도 24시간만 체류하겠지. 달 월(月) 자 월요일이다. 모두들 보름달처럼 활짝 웃으면서 새로운 한 주를 시작하면 되겠다.

돈 때문에 일을 하면 돈도 잘 안 생기고 일도 잘 안 풀리는 경우가 많다. 하는 일에 즐거움과 자부심을 느끼면 언젠가는 돈이 저절로 붙어 다니는 날이 오기도 한다. 그때까지 선한 마음 버리지 말고 조낸 버티면서 살아가기, 그리고 파이팅!

기다림, 사랑보다 잔인한 악몽.

2016 서영림

모든 존재가 그대들의 희망이며
모든 경험이 그대들의 희망이다

젊은이들이 목숨 하나 붙어 있는 걸 천만다행으로 생각하면서 백수건달로 치사찬란하게 살아야 하는 세상을 만드시느라고 참 수고들 많이 하십니다.

진정으로 녹색성장을 도모하고 싶다면, 첫째 국가가 젊어져야 하고, 둘째 국민이 젊어져야 한다. 국민 중에서도 젊은이들이 제일 먼저 젊어져야 한다. 오늘날 대부분의 대한민국 젊은이들은 불투명한 미래를 끌어안고 심각한 조로증을 앓고 있다.

똥이 더러워서 당신이 피했다 하더라도, 당신의 아들, 당신의 아내, 당신의 친구나 이웃이 밟을 수도 있다. 똥을 피하는 것이 상책이라고 생각하는 사람이 많으면 많을수록 똥밭의 면적은 늘어난다. 결국 온 세상이 똥밭이 되는 날이 올지도 모른다.

젊은이들이여. 희망이 없다고 말하지 말라. 모든 존재가 그대들의 희망이며 모든 경험이 그대들의 희망이다. 그대들이 오직 돈만이 희망이라고 생각할 때 그대들의 희망은 절망과 손을 잡는다.

그대, 언젠가는 비상할 것이다

젊었을 때는 넘치는 고독이 일용할 양식이었고, 지금은 빈곤한 사랑이 일용할 양식이다. 도대체 전생에 무슨 뻘짓을 하며 살았는지.

젊었을 때는 커피 따위 허영이라고 생각했다. 녹차는 나뭇잎 우려낸 물에 불과했다. 오로지 술만 낭만인 줄 알았다. 날마다 술독에 빠져서 인생과 내장이 동시에 작살나는 줄도 모르고 살았다.

술은 다 마셨는데 안주가 남아서 술을 더 시키고, 안주는 다 떨어졌는데 술이 남아서 안주를 더 시키고, 물론 그건 모두 핑계였고, 술자리를 파하고 싶지 않았을 뿐, 문학을 욕하고 인생을 욕하고, 빌어먹을, 그러다 날이 훤하게 밝곤 했다.

젊은 날의 배고픔을 두려워 말라. 모래 속에서 살아가는 개미귀신도 한평생 배고픈 나날로 일생을 끝마치지는 않는다. 때가 되면 날개를 달고 명주잠자리가 되어 드높은 하늘을 비상한다. 그대 또한 지금은 모래 속의 개미귀신. 언젠가는 드높은 하늘을 비상할 것이다.

기다림은 시간을 야위게 만든다.

실패보다 더 나쁜 것

어떤 분야에서 일하든지 그대가 진실로 성공하고 싶다면, 어중간,
건성, 겉핥기, 대충, 대강 등의 단어들과 친하게 지내지 말라.

그 일에 몰두하지 않으면 그 일을 즐길 수가 없다. 음식도 씹지 않고 삼키면 배탈이 나기 쉽다. 책도 음미하지 않고 읽으면 곡해하기 십상이다. 성공하는 사람들은 대부분 어떤 일을 하든 건성으로 하거나 대충 하지 않는 습관을 가지고 있다.

국가대표 축구선수도 페널티킥을 실축, 월드컵 예선탈락을 초래할 때가 있다. 하물며 그대가 어떤 일에 실패했다고 크게 자책하거나 절망할 필요는 없다. 실패는 흔히 있는 일이다. 다시 도전해서 성공하면 된다. 실패보다 더 나쁜 것은 포기다.

재능은 자신과의 싸움에서 배양되고 성품은 세상과의 싸움에서 배양된다. 어느 쪽과의 싸움이든 승리를 통해서 얻어진 소득보다는 패배를 통해서 얻어진 소득이 훨씬 값지다는 사실을 깨닫는다면 그대의 인생 또한 값질 수밖에 없다.

우리 모두가 산타인 세상

지금은 한밤중. 배고픈 산짐승이라도 내려온 것일까. 감성마을 지킴이 무강이가 끊임없이 짖어대고 있다. 산들은 못 들은 척 입을 다문 채 묵언참선에 빠져 있다.

새벽이다. 찬비가 내리고 있다. 멀리서 누군가 흐느끼는 소리. 뼈마디가 쑤시고, 늑골 속으로 서늘한 바람이 지나간다. 우리 사는 세상, 얼마나 많은 절망이 쌓이고 얼마나 많은 통곡이 흘러야 따뜻한 봄날이 도래할까. 오늘도 불면으로 뒤척인다.

세상이 아무리 위태로워도 전혀 개의치 않고 사는 사람들이 있다. 그런 사람들을 핀잔할 때 '복장이 따뜻하니까 생시가 꿈인 줄 안다'는 속담을 쓴다. 하지만 항상 근심걱정을 끌어안고 사는 서민들과는 무관한 속담이다. 존버만복래.

갈수록 수은주의 눈금이 떨어지고, 갈수록 세상이 춥게 느껴지더라도, 고통 받는 분들, 소외된 분들을 따뜻하게 감싸주고 격려해 주는 마음만은 잃지 말고 살아가자. 젊은이는 젊은 산타, 늙은이는 늙은 산타, 우리 모두가 산타인 세상을 만들어가자.

오래도록 흐린 그대 일기장,
아름다울수록 깊은 상처로 도지는 꽃나무

언어에도 형상과 정신과 영혼이 있다. 따라서 뜻만 전달하는 것이 그 기능의 전부가 아니다. 물론 인간은 언어를 죽일 수도 있고 살릴 수도 있다. 하지만 언어가 인간을 죽일 수도 있고 살릴 수도 있다는 사실을 아는 이들은 흔치 않다.

한 편의 시(詩)가 한 그릇의 밥보다도 못한 가치로 평가되는 시대에는 '하늘을 향해 한 점 부끄럼 없기를 잎새에 이는 바람에도' 괴로워하는 사람들이 드물 수밖에 없다. 그러나 예술이 대접받지 못하는 세상은 분명히 사람도 대접받지 못하는 세상이다.

글쓰기에 필요한 그대의 감성지수와 문장력, 그리고 집중력을 높이고 싶다면 날마다 연애편지 쓰자. 반드시 이성에게 쓸 필요는 없다. 예수님이나 부처님, 은백양나무나 며느리밥풀꽃, 모두 괜찮다. 사랑은 글을 숙성시키는 특급 발효제다.

누구나 말씀으로 꽃을 피울 수 있는 것은 아니다.

오직 그대만이 가능한 일.

오직 순리대로

꽃 피어야 할 때 꽃 피우고 열매 맺어야 할 때 열매 맺고 단풍 들어야 할 때 단풍 들면서 조화롭게 인생을 살고 싶다. 그러자면 욕심을 모두 버리고 순리대로 살아야겠다는 생각을 한다. 강물 위에 떨어진 꽃잎은 다만 강물을 따라 흘러갈 뿐이다.

봄에는 곧 여름이 온다고 예언하고 여름에는 곧 가을이 온다고 예언한다. 가을에는 곧 겨울이 온다고 예언하고 겨울에는 곧 봄이 온다고 예언한다. 하지만 세인들은 그 이상의 예언을 기대한다. 그래도, 그 이상을 예언한다면 그는 아직 공부가 부족한 것이다.

순리대로 사는 법도 모르면서 그 많은 공식이나 법칙을 안다고 무엇이 달라지겠는가.

꽃 피울 때가 되면 눈부신 꽃을 피우겠다. 가지 뻗을 때가 되면 무성한 가지를 뻗겠다. 단풍 들 때가 되면 아름답게 단풍으로 불타겠다. 헐벗을 때가 되면 모든 것 다 버리고, 하늘만 우러러 침묵하겠다. 오직 순리대로만 살겠다.

봄이 오는 그날까지 그대여, 안녕

겨울이 다 되어서야 솔이 푸른 줄 안다는 속담이 있다. 푸른 것들이 다 사라지고 나서야 솔이 푸르다는 사실을 새삼 깨닫게 된다는 뜻이다. 때로 우리는 귀한 것이 곁에 있어도 귀한 줄 모른 채 살아가는 경우가 많다.

그래, 다 죽었어도 한평생 겨울만 계속되지는 않겠지. 그대 가슴 안에 희망 하나만 살아 있다면 언젠가는 꽃 피는 봄을 다시 맞이할 수 있겠지.

고치 속에서 탈피, 날개를 말리고 있는 순백의 나방. 날개는 절대 고독과 절대 어둠을 극복했기 때문에 부여되는 신의 선물이다.

그대여. 행여 내가 보고 싶어도 감성마을에는 오지 마라. 밤새 내린 폭설에 길이 막혔다. 아직도 흩날리는 눈보라에 시간은 깊어 여기는 천지가 백색의 적막. 봄이 오는 그날까지 그대여, 안녕.

세상 만물이 다 흐트러져 있어도 오직 그대만은 우아하기를.

감성마을에서 시리우스로 보내는 우화(寓話)

이외수

　정태련 화백이 물고기를 그리기 전에는 세상의 모든 물고기들이 오로지 물속에서만 살아야 했습니다. 밥반찬일 뿐이고 술안주일 뿐이었습니다. 그러나 정태련 화백이 물고기를 그린 다음부터 세상의 모든 물고기들은 하늘을 헤엄칠 수 있게 되었습니다. 정태련 화백이 물고기를 그린 다음부터 사람들이 진심을 다해 사랑한다고 말할 때마다 물고기는 하늘로 가서 별이 되었습니다. 정태련 화백이 물고기를 그리기 전에는 물고기는 오직 물고기로만 살아야 했었습니다. 사람들이 아무리 사랑한다고 말해도 하늘로 가서 별이 되는 건 어림도 없는 일이었습니다. 그래서, 정태련 화백의 그림을 보고 있으면 저절로 사랑한다고 고백하고 싶은 충동을 불러일으키게 됩니다. 오늘도 그대를 사랑합니다.

나의 산책(promenade)

정태련

나는 그림쟁이다. 그림쟁이는 오직 그림으로 말한다. 가끔 낙서처럼 또는 암호처럼 짧은 글을 쓰기도 하지만, 그것 또한 밑그림(sketch)으로 그렸을 뿐. 그런데 이번 책의 출간을 앞두고 이외수 작가께서 작업후기를 써보라고 권유하셨다. 마침 내 그림에 대한 쓸쓸한 변명을 하고 싶기도 했다.

자그만 조각들을 모아본 내 그림의 주제어는 하나로 모인다. '생명이란 무엇인가?' 묻고 또 물으면서 수많은 그림을 그렸지만, 솔직히 나는 아직도 그 답을 구하지 못했고, 어쩌면 점점 더 미궁으로 빠져드는 느낌마저 든다.

미시세계에서는 생명을 관측하려 하면 그 존재가 사라져버리고 생명을 관측하려는 생각을 버리면 다시 존재가 드러난다고 한다. 내가 아무리 생명을 그렸다 한들 하얀 종이일 뿐이고 텅 빈 종이 속에는 오히려 생명으로 가득하다는 말이 아닌가. 그야말로 그림쟁이인 나에겐 끔찍한 조롱일 따름이다.

십여 년 전, 우연히 라디오에서 흘러나오는 음악을 들으며 운전을 하고 있다가 한순간 내 마음을 사로잡은 음악을 듣게 되었다. 마치 녹이 슨 그네가 삐걱거리는 듯한, 그러나 어떤 말로도 형용하기 힘들 만큼 매혹적이었다.

아르보 패르트(Arvo Pärt), 에스토니아가 낳은 세계적인 작곡가의 곡이었다. 그때부터 한동안 그의 음악이 내 작업실에 흘렀고, 특히 이번 작업을 하는 내내 많은 도움을 받았다. 끝없는 반복과 순환을 보여주는 그의 음악을 들으며 내 작업의 모티브를 얻고 영감을 구했다.

에스토니아는 발트 해 삼국 중 하나로 인구 130만의 작은 나라이지만, 해안선의 길이는 무려 4천 킬로미터에 가깝다. 아르보 패르트는 날마다 해안선을 따라 산책을 나갔고, 발트 해의 자연을 마주하며 새로운 곡을 스케치하지 않았을까?

이외수 작가와 내가 연이어 출간했던 작업방식이 바로 '따로 또 같이'였다. 큰 주제를 정하고 따로 작업을 한 뒤에, 각자의 고유성을 살리면서도 조화를 이룬 책을 만들고자 했다. 어느덧 다섯 권의 책들이 출간되었고 이제는 조금 더 신선한 접근이 필요했다. 그래서 이번에 출간할 책은 작업방식부터 바꾸기로 했다. 처음부터 끝까지 공동 작업의 방식을 갖기로 한 것이다.

조금은 생소한 편집회의를 거듭했다. 이외수 작가, 편집팀, 그리고 나. 막바지 작업 점검을 하려고 다 함께 감성마을에 모인 어느 날, 회의가 끝나갈 즈음 이외수 작가께서 마치 스스로에게 읊조리듯 나지막이 한마디하셨다.

"과거에는 내가 확실히 안다고 믿고 남들한테 서슴없이 이야기했었지. 돌이켜 생각하면 얼마나 부끄러운지 몰라. 암기를 해서 얻은 피상적 지식들을 떠들었을 뿐, 그것들을 내 몸과 마음으로 온전히 이해했던 것은 아니야. 그토록 어렵게 암기한 지식들을 지워 없애는 과정은 또 얼마나 힘들고 어려웠는지……."

갑자기 누가 내 머릿속을 마구 휘젓는 기분이 들었다. '혹시 내 작업에 대해 우회적으로 질책하신 것이 아닐까.' 이외수 작가의 독백 속에는 분명 내 모습도 들어 있었다. 그때부터 한동안 나 스스로를 뒤돌아보았다.

나는 천재적인 화가도, 영감이 뛰어나 사랑받는 화가도 아니다. 사흘만 그림을 그리지 않으면 머릿속이 하얗게 텅 비고 붓끝은 자꾸 맥없이 미끄러진다. 내 예술적 재능의 한계를 분명히 알기에 그저 노력할 수밖에 없을 뿐이다.

대상과 대화하듯 관찰하고, 또 대화하듯 붓질하고…… 비록 좁은 작업실에 앉아 그림을 그리지만 음악을 들으며 온 세상을 산책하기도 하고 때론 작업실 뒷산마루로 산책을 나가기도 한다.

낯익은 풍경 속에서 작은 변화를 찾으면 눈이 즐겁다. 색다른 바람 냄새를 맡으면 머리까지 개운하다. 가끔 새로운 친구를 마주하면 더할 나위 없이 기분 좋다. 제자리를 지키며 피어나는 작은 풀꽃이 그 길가에 서 있다. 혼자 걷는 내 산책길에는 무릇 수많은 생명이 함께한다.

때때로 사람들은 내 그림을 보고 '사진처럼 잘 그렸다'며 감탄한다. 사실 그때마다 나는 답답하다. 방법에 가려 주제가 안 보이는 꼴이 아닌가. '자연과 생명에 관한 명상'까지 봐주기를 바라지만, 어쩌면 내 욕심인지도 모르겠다.

그리려는 대상과 마주친 찰나의 감성! 그 짧고 뜨거운 마주침을 잘 표현하고자 붓질을 더하면 할수록 안타깝게도 그 감성에서는 점점 더 멀어져간다. 나는 오늘도 그 차이를 줄이려고 노력할 뿐이다.

'진정한 예술은 결과물보다는 그 과정이다.'

※ 열대어 감수 | 생물학박사 이완옥

쓰러질 때마다 일어서면 그만,

초판 1쇄 2014년 10월 1일
초판 2쇄 2014년 10월 30일

지은이 | 이외수
그린이 | 정태련
펴낸이 | 송영석

편집장 | 이진숙 · 이혜진
기획편집 | 박신애 · 박은영 · 한지혜 · 서희정 · 이수정
디자인 | 박윤정 · 김현철
마케팅 | 이종우 · 허성권 · 김유종
관리 | 송우석 · 황규성 · 전지연 · 황지현 · 한승민

펴낸곳 | (株)해냄출판사
등록번호 | 제10-229호
등록일자 | 1988년 5월 11일(설립일자 | 1983년 6월 24일)
121-893 서울시 마포구 잔다리로 30 해냄빌딩 5 · 6층
대표전화 | 326-1600 **팩스** | 326-1624
홈페이지 | www.hainaim.com

ISBN 978-89-6574-459-7

영혼에 찬란한 울림을 던지는 이외수의 시와 에세이

이외수의 사랑법
사랑외전
사람, 사랑, 인연, 시련, 교육, 정치, 가족, 종교, 꿈을 아우른
'사랑에 관한 이외수 식 경전'

이외수의 인생 정면 대결법
절대강자
지금 살아 있다는 사실만으로도 그대는 절대강자다
오천 년 유물과 함께 발견하는 인생의 지침

이외수의 감성산책
코끼리에게 날개 달아주기
삶을 사랑하는 사람은 마침내 모두 별이 된다
흔들리는 젊음에게 보내는 감성치유서

이외수의 비상법
아불류 시불류
그대가 그대 시간의 주인이다
물처럼 자연스럽게 자신을 찾아가는 철학적 성찰

이외수의 소생법
청춘불패
그대가 그대 인생의 주인이다
영혼의 연금술사 이외수의 처방전

이외수의 생존법
하악하악
팍팍한 인생 하악하악, 팔팔하게 살아보세
이외수가 탄생시킨 희망의 언어들

이외수의 소통법
여자도 여자를 모른다
사랑을 잃고 불안에 힘들어 하는
이 시대에 보내는 이외수의 감성예찬